成為世界最強的哥哥。
絕對信任哥哥的妹妹。
這對兄妹為了實現理想的社會而踏出一步時，

混亂與變革的每一天就此揭開序幕——

魔法人聯社 5

魔法科高中的劣等生

The irregular at magic high school
Magian Company

佐島 勤
Tsutomu Sato
illustration
石田可奈
Kana Ishida

Kadokawa Fantastic Novels

司波達也

魔法大學三年級。
打倒數名戰略級魔法師，向世人展現實力的「最強魔法師」。深雪的未婚夫。
擔任魔法人協進會的副代表，
成立魔法人聯社。

司波深雪

魔法大學三年級。
四葉家的下任當家。達也的未婚妻。
擅長冷卻魔法。
擔任魔法人聯社的理事長。

安潔莉娜・庫都・希爾茲

魔法大學三年級。
前USNA軍STARS總隊長安吉・希利鄔斯。
歸化日本，擔任深雪的護衛，
和達也、深雪共同生活。

九島光宣

和達也決戰之後，陪伴水波沉眠。
現在和水波一起在衛星軌道上
協助達也。

櫻井水波

光宣的戀人。
曾經陪伴光宣沉眠，
現在和光宣共同生活。

藤林響子

從國防軍退役，在四葉家從事研究工作。
二一〇〇年進入魔法人聯社就職。

遠上遼介

隸屬於USNA政治結社「FEHR」的日本青年。
在溫哥華留學期間，
熱中於「FEHR」的活動，從大學中輟。
使用失數家系「十神」的魔法。

蕾娜・費爾

USNA政治結社「FEHR」的首領。
別名「聖女」，擁有超凡的領袖氣質。
實際年齡三十歲，
看起來卻只像是十六歲左右。

艾莎・錢德拉塞卡

戰略級魔法「神焰沉爆」的發明人。
和達也共同設立「魔法人協進會」，
擔任代表。

愛拉・克里希納・夏斯特里

錢德拉塞卡的護衛，
已習得「神焰沉爆」的
非公認戰略級魔法師。

一条將輝

魔法大學三年級。
十師族一条家的下任當家。

十文字克人

十師族十文字家的當家。
進入自家的土木公司擔任幹部。
達也形容為「如同巨巖的人物」。

七草真由美

十師族七草家的長女。
從魔法大學畢業之後，進入七草家相關企業工作，
後來轉職進入魔法人聯社。

西城雷歐赫特

從第一高中畢業之後，就讀通稱「救難大」的
克災救難大學。達也的朋友。
擅長硬化魔法。個性開朗。

千葉艾莉卡

魔法大學三年級。達也的朋友。
可愛的闖禍大王。

吉田幹比古

魔法大學三年級。出自古式魔法名門。
從小就認識艾莉卡。

柴田美月

從第一高中畢業之後，升學就讀設計學校。
達也的朋友。罹患靈子放射光過敏症。
有點少根筋的認真少女。

光井穗香

魔法大學三年級。
擅長光波振動系魔法。心儀達也。
一旦擅自認定後就頗為一意孤行。

北山雫

魔法大學三年級學生。從小和穗香情同姊妹。
擅長振動與加速系魔法。
情緒起伏鮮少展露於言表。

四葉真夜

達也與深雪的姨母。
四葉家現任當家。

葉山

服侍真夜的高齡管家。

黑羽亞夜子

魔法大學二年級。文彌的雙胞胎姊姊。
從第四高中畢業時，公開自己和四葉家的關係。

黑羽文彌

魔法大學二年級。和姊姊亞夜子是雙胞胎。
從第四高中畢業時，公開自己和四葉家的關係。
乍看只像是中性女性的俊美青年。

花菱兵庫

服侍四葉家的青年管家。
四葉家次席管家花菱的兒子。

七草香澄

魔法大學二年級。
七草真由美的妹妹。泉美的雙胞胎姊姊。
個性活潑開朗。

七草泉美

魔法大學二年級。
七草真由美的妹妹。香澄的雙胞胎妹妹。
個性成熟穩重。

洛基・狄恩

FAIR 的首領。表面上是義大利裔的風雅男子，
具備好戰又殘虐的一面。
為了實現由魔法師統治社會的願望
而覬覦聖遺物。

蘿拉・西蒙

擁有歸類為妖術或巫術的能力，
北非裔的美女。
洛基・狄恩的心腹兼情人。

吳內杏

進人類戰線的領袖。
擁有特殊的異能。

深見快宥

進人類戰線的副領袖。

Glossary
用語解說

魔法科高中
國立魔法大學附設高中的通稱，全國總共設立九所學校。
其中的第一至第三高中，每學年招收兩百名學生，
並且分為一科生與二科生。

花冠、雜草
第一高中用來形容一科生與二科生階級差異的隱語。
一科生制服的左胸口繡著以八枚花瓣組成的徽章，
不過二科生制服沒有。

一科生的徽章

CAD
簡化魔法發動程序的裝置，
內部儲存使用魔法所需的程式。
分成特化型與泛用型，外型也是各有不同。

Four Leaves Technology〔FLT〕
國內一家CAD製造公司。
原本該公司製造的魔法工學零件比成品有名，
但在開發「銀式」之後，
搖身一變成為知名的CAD製造公司。

司波達也的CAD

托拉斯・西爾弗
短短一年就讓特化型CAD的軟體技術進步十年，
而為人所稱頌的天才技師。

司波深雪的CAD

Eidos〔個別情報體〕
原為希臘哲學用語。在現代魔法學，個別情報體指的是
「伴隨事物現象而來的情報」，是「事象」曾經存在於
「世界」的記錄，也可以說是「事象」留在「世界」的足跡。
依照現代魔法學的定義，「魔法」就是修改個別情報體，
藉以改寫個別情報體所代表的「事象」的技術。

Idea〔情報體次元〕
原為希臘哲學用語。在現代魔法學，情報體次元指的是「用來記錄個別情報體的平台」。
魔法的原始形態，就是將魔法式輸入這個名為「情報體次元」的平台，
改寫平台裡「個別情報體」的技術。

啟動式
為魔法的設計圖，用來構築魔法的程式。
啟動式的資料檔案，是以壓縮形式儲存在CAD，魔法師輸入想子波展開程式之後，
啟動式會依照資料內容轉換為訊號，並且回傳給魔法師。

想子
位於靈異現象次元的非物質粒子，記錄認知與思考結果的情報元素。
成為現代魔法理論基礎的「個別情報體」，成為現代魔法骨幹的「啟動式」和
「魔法式」技術，都是由想子建構而成。

靈子
位於靈異現象次元的非物質粒子。雖然已經確認其存在，但是形態與功能尚未解析成功。
一般的魔法師，頂多只能「感覺到」活化狀態的靈子。

魔法師
「魔法技能師」的簡稱。能將魔法施展到實用等級的人，統稱為魔法技能師。

魔法式
用來暫時改變伴隨事物現象而來的情報之情報體。由魔法師持有的想子構築而成。

魔法演算領域

構築魔法式的精神領域，也就是魔法資質的主體。該處位於魔法師的潛意識領域，魔法師平常可以意識到魔法演算領域並且使用，卻無法意識到內部的處理過程。對魔法師本人來說，魔法演算領域也堪稱是個黑盒子。

魔法式的輸出程序

❶從CAD接收啟動式，這個步驟稱為「讀取啟動式」。
❷在啟動式加入變數，送入魔法演算領域。
❸依照啟動式與變數構築魔法式。
❹將構築完成的魔法式，傳送到潛意識領域最上層暨意識領域最底層的「基幹」，從意識與潛意識之間的「閘門」輸出到情報體次元。
❺輸出到情報體次元的魔法式，會干涉指定座標的個別情報體進行改寫。

「實用等級」魔法師的標準，是在施展單一系統暨單一工序的魔法時，於半秒內完成這些程序。

魔法的評價基準（魔法力）

構築想子情報體的速度是魔法的處理能力、
構築情報體的規模上限是魔法的容納能力、
魔法式改寫個別情報體的強度是魔法的干涉能力，
這三項能力總稱為魔法力。

始源碼假說

主張「加速、加重、移動、振動、聚合、發散、吸收、釋放」四大系統八大種類的魔法，各自擁有正向與負向共計十六種基礎魔法式，以這十六種魔法式搭配組合，就能構築所有系統魔法的理論。

系統魔法

歸類為四大系統八大種類的魔法。

系統外魔法

並非操作物質現象，而是操作精神現象的魔法統稱。
從使喚靈異存在的神靈魔法、精靈魔法，或是讀心、靈魂出竅、意識操控等，包括的種類琳琅滿目。

十師族

日本最強的魔法師集團。一条、一之倉、一色、二木、二階堂、二瓶、三矢、三日月、四葉、五輪、五頭、五味、六塚、六角、六鄉、六本木、七草、七寶、七夕、七瀨、八代、八朔、八幡、九島、九鬼、九頭見、十文字、十山共二十八個家系，每四年召開一次「十師族甄選會議」，選出的十個家系就稱為「十師族」。

含數家系

如同「十師族」的姓氏有一到十的數字，「百家」之中的主流家系姓氏也有十一以上的數字，例如「『千』代田」、「『五十』里」、「『千』葉」家。
數字大小不代表實力強弱，但姓氏有數字就代表血統純正，可以作為推測魔法師實力的依據之一。

失數家系

亦被簡稱「失數」，是「數字」遭受剝奪的魔法師族群。
昔日魔法師被視為兵器暨實驗樣本的時候，評定為「成功案例」得到數字姓氏的魔法師，要是沒有立下「成功案例」應有的成績，就得接受這樣的烙印。

各式各樣的魔法

● 悲嘆冥河
凍結精神的系統外魔法。凍結的精神無法命令肉體死亡，
中了這個魔法的對象，肉體將會隨著精神的「靜止」而停止、僵硬。
依照觀測，精神與肉體的相互作用，也可能導致部分肉體結晶化。

● 地鳴
以獨立情報體「精靈」為媒介振動地面的古式魔法。

● 術式解散
把建構魔法的魔法式，分解為構造無意義的想子粒子群的魔法。
魔法式作用於伴隨事象而來的情報體，基於這種性質，魔法式的情報結構一定會曝光，無法防止外力進行干涉。

● 術式解體
將想子粒子群壓縮成塊，不經由情報體次元直接射向目標物引爆，摧毀目標物的啟動式或魔法式這種紀錄魔法的想子情報體，屬於無系統魔法。
即使歸類為魔法，但只是一種想子砲彈，結構不包含改變事象的魔法式，因此不受情報強化或領域干涉的影響。此外，砲彈本身的壓力也足以反彈演算干擾的影響。由於完全沒有物理作用力，任何障礙物都無法防堵。

● 地雷原
泥土、岩石、砂子、水泥，不拘任何材質，
總之只要是具備「地面」概念的固體，就能施以強力振動的魔法。

● 地裂
由獨立情報體「精靈」為媒介，以線形壓潰地面，
使地面乍看之下彷彿裂開的魔法。

● 乾冰雹暴
聚集空氣中的二氧化碳製作成乾冰粒，
將凍結過程剩餘的熱能轉換為動能，高速射出乾冰粒的魔法。

● 迅襲雷蛇
在「乾冰雹暴」製造乾冰顆粒時，凝結乾冰氣化產生的水蒸氣，
溶入二氧化碳氣體使其形成高導電霧，再以振動系與釋放系魔法產生摩擦靜電。以溶入碳酸的水霧或水滴為導線，朝對方施展電擊的組合魔法。

● 冰霧神域
振動減速系廣域魔法。冷卻大容積的空氣並操縱其移動，
造成廣範圍的凍結效果。
簡單來說，就像是製造超大冰箱一樣。
發動時產生的白霧，是在空中凍結的冰或乾冰。
但要是提升層級，有時也會混入凝結為液態氮的霧。

● 爆裂
將目標物內部液體氣化的發散系魔法。
如果是生物就是體液氣化導致身體破裂，
如果是以內燃機為動力的機械就是燃料氣化爆炸。
燃料電池也不例外。即使沒有搭載可燃的燃料，無論是電池液、油壓液、冷卻液或潤滑液，世間沒有機械不搭載任何液體，因此只要「爆裂」發動，幾乎所有機械都會毀損而停止運作。

● 亂髮
不是指定角度改變風向，而是為了造成「絆腳」的含糊結果操作氣流，以極接近地面的氣流促使草葉纏住對方雙腳的古式魔法。只能在草長得夠高的原野使用。

魔法劍

使用魔法的戰鬥方式，除了以魔法本身為武器作戰，還有以魔法強化、操作武器的技術。
以魔法配合槍、弓箭等射擊武器的術式為主流，不過在日本，劍技與魔法組合而成的「劍術」也很發達。
現代魔法與古式魔法兩種領域，都開發出堪稱「魔法劍」的專用魔法。

1.高頻刃

高速振動刀身，接觸物體時傳導超越分子結合力的振動，將固體局部液化之後斬斷的魔法。和防止刀身自我毀壞的術式配套使用。

2.壓斬

使劍尖朝揮砍方向的水平兩側產生排斥力，將劍刃接觸的物體像是左右推壓般割斷的魔法。排斥力場細得未滿一公釐，強度卻足以影響光波，因此從正面看劍尖是一條黑線。

3.童子斬

被視為源氏祕劍而相傳至今的古式魔法。遙控兩把刀再加上手上的刀，以三把刀包圍對手並同時砍下的魔法劍技。以同音的「童子斬」隱藏原本「同時斬」的意義。

4.斬鐵

千葉一門的祕劍。不是將刀視為鋼塊或鐵塊，而是定義為「刀」這種單一概念，依循魔法式所設定的刀路而動的移動系統魔法。被定義為單一概念的「刀」如同單分子結晶之刃，不會折斷、彎曲或缺角，將會沿著刀路劈開所有物體。

5.迅雷斬鐵

以專用武裝演算裝置「雷丸」施展的「斬鐵」進化型。將刀與劍士定義為單一集合概念，因此從接觸敵人到出招的一連串動作，都能毫無誤差地高速執行。

6.山怒濤

以全長一八〇公分的大型專用武器「大蛇丸」所施展的千葉一門的祕劍。將己身與刀的慣性減低到極限並高速接近對手，在交鋒瞬間將至今消除的慣性疊加，提升刀身慣性後砍向對方。這股偽造的慣性質量和助跑距離成正比，最高可達十噸。

7.薄翼蜻蜓

將奈米碳管編織為厚度十億分之五公尺的極致薄膜，再以硬化魔法固定為全平面而化為刀刃的魔法。薄翼蜻蜓製成的刀身比任何刀劍或剃刀都要銳利，但術式不支援揮刀動作，因此術士必須具備足夠的刀劍造詣與臂力。

魔法技能師開發研究所

西元二〇三〇年代，日本政府因應第三次世界大戰當前而緊張化的國際情勢，接連設立開發魔法師的研究所。研究目的不是開發魔法，始終是開發魔法師，為了製造出最適合使用所需魔法的魔法師，基因改造也在研究範圍。

魔法技能師開發研究所設立了第一至第十共十所，至今依然有五所運作中。

各研究所的細節如下所述：

魔法技能師開發第一研究所

二〇三一年設立於金澤市，現在已關閉。

開發主題是進行對人戰鬥時直接干涉生物體的魔法。氧化魔法「爆裂」是衍生形態之一。不過，操作人體動作的魔法可能會引發傀儡攻擊（操作他人進行的自殺式恐怖攻擊），因此禁止研發。

魔法技能師開發第二研究所

二〇三一年設立於淡路島，運作中。

和第一研的主題成對，開發的魔法是干涉無機物的魔法。尤其是關於氧化還原反應的吸收系魔法。

魔法技能師開發第三研究所

二〇三二年設立於厚木市，運作中。

目的是開發出能獨力應付各種狀況的魔法師，致力於多重演算的研究。尤其竭力實驗測試可以同時發動、連續發動的魔法數量極限，開發可以同時發動複數魔法的魔法師。

魔法技能師開發第四研究所

詳情不明，推測位於前東京都與前山梨縣的界線附近，設立時間則估計是二〇三三年。現在宣稱已經關閉，而實際狀況也不明。只有前第四研不是由政府，是對國家具備強大影響力的贊助者設立。傳聞現在該研究所從國家獨立出來，接受贊助者的支援繼續運作，也傳聞該贊助者實際上從二〇二〇年代之前就經營著該研究所。

據說其研究目標是試圖利用精神干涉魔法，強化「魔法」這種特異能力的源泉，也就是魔法師潛意識領域的魔法演算領域。

魔法技能師開發第五研究所

二〇三五年設立於四國的宇和島市，運作中。

研究的是干涉物質形狀的魔法。主流研究是技術難度較低的流體控制，但也成功研究出干涉固體形狀的魔法。其成果就是和USNA共同開發的「巴哈姆特」。加上流體干涉魔法「深淵」，該研究所開發出兩個戰略級魔法，是國際聞名的魔法研究機構。

魔法技能師開發第六研究所

二〇三五年設立於仙台市，運作中。

研究如何以魔法控制熱量。和第八研同樣偏向是基礎研究機構，相對的缺乏軍事色彩。不過除了第四研，據說在魔法技能師開發研究所之中，第六研進行基因改造實驗的次數最多（第四研實際狀況不明）。

魔法技能師開發第七研究所

二〇三六年設立於東京，現在已關閉。

主要開發反集團戰鬥用的魔法，群體控制魔法為其成果。第六研的軍事色彩不強，促使第七研成為兼任戰時首都防衛工作的魔法師開發研究設施。

魔法技能師開發第八研究所

二〇三七年設立於北九州市，運作中。

研究如何以魔法操作重力、電磁力與各種強弱不同的交互作用力。基礎研究機構的色彩比第六研更濃厚，但是和國防軍關係密切，這一點和第六研不同。部分原因在於第八研的研究內容很容易連結到核武開發，在國防軍的保證之下，才免於被質疑暗中開發核武。

魔法技能師開發第九研究所

二〇三七年設立於奈良市，現在已關閉。

研究如何將現代魔法與古式魔法融合，試圖藉由讓現代魔法吸收古式魔法的相關知識，解決現代魔法不擅長的各種課題（例如模糊不明確的術式操作）。

魔法技能師開發第十研究所

二〇三九年設立於東京，現在已關閉。

和第七研同樣兼具防衛首都的目的，研究如何在空間產生虛擬結構物的領域魔法，作為遭遇高火力攻擊的防禦手段。各式各樣的反物理護壁魔法為其成果。

此外，第十研試圖使用不同於第四研的手段激發魔法能力。具體來說，他們致力開發的魔法師並非強化魔法演算領域本身，而是能讓魔法演算領域暫時超頻，因應需求使用強力的魔法。但是成功與否並未公開。

除了上述十間研究所，開發元素家系的研究所從二〇一〇年代運作到二〇二〇年代，但現今全部關閉。此外，國防軍在二〇〇二年設立直屬於陸軍總司令部的祕密研究機構，至今依然獨自進行研究。九島烈加入第九研之前，都在這個研究機構接受強化處置。

戰略級魔法師

現代魔法是在高度科技之中培育而成，
因此能開發強力軍事魔法的國家有限，
導致只有少數國家能開發匹敵大規模破壞武器的戰略級魔法。
不過，開發成功的魔法會提供給同盟國，
高度適合使用戰略級魔法的同盟國魔法師，也可能認證為戰略級魔法師。
在二〇九五年四月，各國認定適合使用戰略級魔法，並且對外公開身分的魔法師共十三名。
他們被稱為「十三使徒」，公認是世界軍事平衡的重要因素。
在二一〇〇年的時間點，各國公認的戰略級魔法師如下所述：

USNA

■安吉・希利鄔斯：「重金屬爆散」
■艾里歐特・米勒：「利維坦」
■羅蘭・巴特：「利維坦」
※其中只有安吉・希利鄔斯任職於STARS。
艾里歐特・米勒位於阿拉斯加基地，羅蘭・巴特位於國外的直布羅陀基地，
兩人基本上不會出動。

新蘇維埃聯邦

■伊果・安德烈維齊・貝佐布拉佐夫：「水霧炸彈」
※二〇九七年被推定已經死亡，但是新蘇聯否定這個猜測。
■列昂尼德・肯德拉切科：「大地紅軍」
※肯德拉切科年事已高，基本上不會離開黑海基地。

大亞細亞聯盟

■劉麗蕾：「霹靂塔」
※劉雲德已於二〇九五年十月三十一日的對日戰鬥中戰死。

印度、波斯聯邦

■巴拉特・錢德勒・坎恩：「神焰沉爆」

日本

■五輪 澪：「深淵」
■一条將輝：「海爆」
※二〇九七年由政府認定是戰略級魔法師。

巴西

■米吉爾・迪亞斯：「同步線性融合」
※魔法式為USNA提供。二〇九七年之後音訊全無，但是巴西否認這個說法。

英國

■威廉・馬克羅德：「臭氧循環」

德國

■卡拉・施米特：「臭氧循環」
※臭氧循環的原型，是分裂前的歐盟因應臭氧層破洞而共同研發的魔法，
後來由英國完成，依照協定向前歐盟各國公開魔法式。

土耳其

■阿里・夏亨：「巴哈姆特」
※魔法式為USNA與日本所共同開發完成，由日本主導提供。

泰國

■梭姆・查伊・班納克：「神焰沉爆」
※魔法式為印度、波斯聯邦提供。

STARS簡介

USNA軍統合參謀總部直屬魔法師部隊。共有十二部隊，
隊員依照星星的亮度分成不同階級。
部隊長各自獲頒一等星的稱號。

●STARS的組織體系

- 國防部參謀總部
  - STARS基地司令
    - STARS總隊長
      - 第一隊
      - 第二隊
      - 第三隊
      - 第四隊
      - 第五隊
      - 第六隊
      - 第七隊
      - 第八隊
      - 第九隊
      - 第十隊
      - 第十一隊
      - 第十二隊
    - PLANET STAFF
  - STARDUST

1. 各部隊地位沒有高低之別。
2. 指揮權集中在總隊長，但實際上經常由基地司令下令。
3. 各隊隊長底下配屬恆星級、星座級、行星級、衛星級的隊員。總隊長沒有直屬部下。
4. 「PLANET STAFF」是以行星級成員組成的支援部隊。有時候不會動用恆星級隊員，只派出PLANET STAFF。
   希兒薇雅隸屬於PLANET STAFF。
5. STARDUST分發的基地不同。

企圖暗殺總隊長安吉·希利鄔斯的隊員們

●亞歷山大·艾克圖魯斯
第三隊隊長。上尉。繼承相當純正的北美大陸原住民血統。
和雷谷魯斯並列為本次叛亂的主嫌。

●雅各·雷谷魯斯
第三隊一等星級隊員。中尉。擅長使用近似步槍的武裝演算裝置發射
高能量紅外線雷射彈「雷射狙擊」。

●夏綠蒂·貝格
第四隊隊長。上尉。比莉娜大十歲以上，卻因為階級不如莉娜而心懷不滿。
和莉娜相處得不太好。

●佐伊·斯琵卡
第四隊一等星級隊員。中尉。東洋血統的女性。使用的是投擲尖細力場的「分子切割投擲槍」，
堪稱「分子切割」的改編版。

●蕾拉·迪尼布
第四隊一等星級隊員。少尉。北歐血統的高挑窈窕女性。
擅長短刀搭配手槍的複合攻擊。

魔法人聯社（Magian Company）

國際互助組織「魔法人協進會（Magian Society）」於二一〇〇年四月二十六日設立的一般社團法人，主要功能是以具體行動實現該協進會的目的——魔法資質擁有者的人權自衛。根據地設於日本的町田，由司波深雪擔任理事長，司波達也擔任常務理事。

成立已久的魔法協會也是類似的國際組織，不過魔法協會的主要目的是保護實用等級的魔法師，相對的，魔法人聯社是協助擁有魔法資質的人（無論在軍事上是否有用）開拓大顯身手的管道，屬於非營利法人。具體來說預定朝兩個方向拓展事業，分別是傳授魔法人實務知識的魔法師非軍事職業訓練事業，以及介紹工作使其一展長才的非軍事職業介紹事業。

FEHR

政治結社「Fighters for the Evolution of Human Race」（人類進化守護戰士）的簡稱。是在二〇九五年十二月為了對抗逐漸激進的「人類主義者」而設立。總部座落在溫哥華，代表人蕾娜·費爾別名「聖女」，擁有超凡的領袖氣質。和魔法人協進會一樣，該結社的目的是從反魔法主義的魔法師排斥運動保護魔法師的安全。

反應護甲

被前第十研驅逐的失數家系「十神」的魔法。是一種個體裝甲魔法，裝甲一受損就會重新建構，同時獲得「和受損原因相同種類的攻擊」的抵抗力。

FAIR

表面上和FEHR相同，是在USNA進行活動，為了保護同胞而對抗反魔法主義者的團體。然而實際上是鄙視無法使用魔法的人們，為了自身權利不惜動用暴力的魔法至上主義激進派集團。不為人知的正式名稱是「Fighters Against Inferior Race」。

進人類戰線

原本是被FEHR領袖蕾娜·費爾威化的日本人所設立的團體，目的是保護魔法師不被反魔法主義迫害。不同於反對訴諸暴力的FEHR，該團體認為如果政治或法律無意阻止魔法師遭受迫害，某種程度的違法行為是必要手段。創立時的首任領袖斷然發起的示威行動，使得該團體一度被迫解散，後來重新集結成為地下組織。名稱不是「新人類」而是「進人類」，反映該團體「魔法師不只是新世代的人類，更是進化後的人類」的自我意識。

聖遺物

擁有魔法性質的歐帕茲總稱。分別具備特有性質，長久以來就算使用現代技術也難以重現。出土地點遍布世界各地，包括阻礙魔法發動的「晶陽石」或是性質上可以儲存魔法式的「瓊勾玉聖遺物」等等，種類繁多。「瓊勾玉聖遺物」解析完畢之後，成功複製出可以儲存魔法式的聖遺物。人造聖遺物「儲魔具」成為恆星爐運作的系統核心。

成功製作人造聖遺物的現在，聖遺物依然有許多未解之謎，國防軍與國立魔法大學等機構持續進行研究。

The International Situation
二一〇〇年現在的世界情勢

以全球寒冷化為直接契機的第三次世界大戰——二十年世界連續戰爭大幅改寫了世界地圖。世界現狀如下所述：

USA合併了加拿大以及墨西哥到巴拿馬等各國，組成北美利堅大陸合眾國（USNA）。

俄羅斯再度吸收烏克蘭與白俄羅斯，組成新蘇維埃聯邦（新蘇聯）。

中國征服緬甸北部、越南北部、寮國北部以及朝鮮半島，組成大亞細亞聯盟（大亞聯盟）。

印度與伊朗併吞中亞各國（土庫曼、烏茲別克、塔吉克、阿富汗）以及南亞各國（巴基斯坦、尼泊爾、不丹、孟加拉、斯里蘭卡），組成印度、波斯聯邦。

司波達也成就了個人對抗國家的偉業。二一〇〇年，斯里蘭卡在IPU與英國的承認之下獨立，在獨立的同時，魔法師國際互助組織「魔法人協進會」在該國創設總部。

亞洲阿拉伯其餘國家，分區締結軍事同盟，對抗新蘇聯、大亞聯盟以及印度、波斯聯邦三大國。

澳洲選擇實質鎖國。

歐洲整合失敗，以德國與法國為界分裂為東西兩側。東歐與西歐也沒能各自整合為單一國家，團結力不如戰前。

非洲各國半數完全消滅，倖存的國家也只能勉強維持都市周邊的統治權。

南美除了巴西，都處於地方政府各自為政的小國分立狀態。

【1】遺跡的所在地

舊金山，二一〇〇年七月十九日。

當地警察針對魔法師選民思想激進派組織——ＦＡＩＲ著手進行強制搜查。

攻進ＦＡＩＲ根據地的警察，將抵抗的眾多組織成員逮捕，也將疑似非法收集的多數物品扣押。雖然沒抓到領袖洛基・狄恩以及副領袖蘿拉・西蒙，不過警方得到的證據以質與量來說都足以當成組織犯罪的佐證。舊金山司法當局對狄恩與蘿拉兩人發布通緝令。

警方的注意力轉移到兩名嫌犯的逮捕任務。扣押的證物確認是以非法途徑取得之後，就成為只需妥善保管就好的物品。

ＤＩＡ（美國國防情報局）於七月二十日要求借用「白色石板」的時候，包括警方、檢察官與法院都沒有理由拒絕。

隸屬於國防部的情報機構ＤＩＡ，被視為是專門處理軍事情報的機構。甚至不知道是否擁有考古學價值的出土物，ＤＩＡ為什麼會感興趣？因為他們判斷這個出土物很可能是魔法遺物。

在現代社會，魔法和軍事力息息相關。現代魔法一開始是當成軍事工具而開發，不過從二〇九五年到二〇九七年數度發生的國際紛爭，促使魔法在軍事上的效益更為顯著。

此外，世間注目的新能源「恆星爐」——常駐型重力控制魔法式熱核融合反應爐，其核心技術使用了魔法遺物的複製品「人造聖遺物」，魔法與魔法遺物的價值因而水漲船高。不只是直接的軍事力，在支撐軍事力的社會基礎技術也是組成要素之一，被世人認知為不容忽視的存在。

在這樣的狀況下，標榜魔法師至上主義的潛在性恐攻集團偷挖的出土品，軍事部門的情報機構不可能不會在意。ＤＩＡ想詳細調查市警當成證物保管的「白色石板」可說是理所當然。

這次調查的出土品可能是魔法遺物。ＤＩＡ也具備魔法相關知識，但是為求精確分析，所以ＤＩＡ向ＵＳＮＡ軍統合參謀總部直屬，合眾國最強最頂尖的魔法師部隊STARS尋求協助。

舊金山市警扣押的十五塊石板，以及之前ＦＥＨＲ提交當成證物的一塊石板，合計十六塊的石板暫時交付給STARS。

◇◇◇

七月二十一日下午，巳燒島。達也繼昨晚再度和光宣見面。場所是達也在巳燒島當成自家使用的房間。

話題也和昨晚一樣。ＵＳＮＡ加利福尼亞州北部沙斯塔山出土的白色石板，藏有推測是指示傳說都市「香巴拉」所在地的地圖。

若以魔法已經成為現實技術的現代視角來解釋，香巴拉可能是高度魔法文明繁榮的都市。只不過，在世界變得如此狹小的現代，很難想像這座讚頌繁華的都市只以傳說的形式為人所知。即使香巴拉真實存在，恐怕也只剩下遺跡。

傳說或許是虛構。這麼想的人應該占大多數吧。即使如此，身為魔法相關人士、身為魔法研究者，對於未知的魔法文明遺跡可不能視若無睹。既然發現遺跡的線索，就沒有不調查的選項。達也邀請光宣前來，就是為了討論香巴拉遺跡的探索工作。

兩人不是在客廳的沙發組，而是在餐桌相對而坐。為兩人送上玻璃茶杯的人，是和以前一樣身穿黑色連身裙加上白色圍裙的水波。大約一小時前，她和光宣一起從衛星軌道降落。

此外，水波的連身裙是反映季節的短袖款式，裙襬也比較短。杯裡的飲料是冰咖啡。是水波以魔法操作滲透壓，縮減萃取時間的冷泡咖啡，而且同樣由她以魔法冷卻。

「……達也，你認為『香巴拉』的遺跡位於烏茲別克是吧？」

聽到光宣這麼問，達也回答「沒錯」點點頭。

「你的意思是說，『悉達河』不是『塔里木河』也不是『錫爾河』，而是『阿姆河』嗎？」

光宣再度詢問達也。

依照藏傳佛教聖典《時輪怛特羅》所述，傳說中的理想鄉「香巴拉」位於「以岡仁波齊峰的瑪旁雍錯湖為源頭的悉達河北岸」。那麼，這條「悉達河」對照現實世界是哪一條河？

關於這個問題，支持者較多的選項有三個。第一是流經維吾爾的「塔里木河」。第二是流經吉爾吉斯、塔吉克、烏茲別克與哈薩克的「錫爾河」。第三是流經阿富汗、土庫曼與烏茲別克國境（印度波斯聯邦正如其名是聯邦制國家，由舊有的國家組成聯邦）的「阿姆河」。其中，烏茲別克位於「阿姆河」的「北岸」。

達也回答「這我不知道」搖了搖頭。

「不過，將『指南針小石板』在加州與東京指示的方向延長之後，兩條線是在烏茲別克附近交會。小石板只移動短短的一兩公分，所以無法查得更詳細，而且前提在於這塊石板確實是『指南針』。」

達也補充這段話，同時指向放在桌上的正八角形小石板。雖說是「石板」，厚度卻有最大寬度的四分之一。與其說是「板」，形容為「平坦的扁石」或許比較貼切，不過在達也等人之間已經固定稱為「指南針小石板」或是簡稱「指南針」。

在石板出土的沙斯塔山洞窟，達也挖掘到不同於石板的這塊「指南針小石板」，如果放在手掌上輸入特殊的想子，就會稍微朝著特定方向移動。這應該不像是羅盤那樣朝著特定「方位」，而是朝著特定「地點」在移動。

推定藏有香巴拉地圖的白色石板也是從相同場所出土。加入這一點來研判，達也他們認為這個「特定地點」正是香巴拉的所在地。

「原來如此。確實，要是只拘泥於傳說的內容，或許就找不到正確答案。比起情報大多不明的傳說，應該重視現在位於這裡的線索也不一定。」

發問的光宣聽到達也的回答之後，大幅點了點頭。

光宣是由衷感到佩服，達也卻好像只當成單純的附和。

「不，只是因為材料不夠。」

達也只有冷淡補充這句話。

這種愛理不理的態度很像達也的作風，光宣稍微露出苦笑。

看到達也將茶杯送到嘴邊，光宣也伸手拿杯子。

「那個，達也大人……」

達也與光宣同時停止對話的這個時候，至今靜靜坐在光宣身旁的水波開口了。

「只要在更多的觀測地點使用『指南針』，就能更加縮減候補地點吧？」

「——妳說得沒錯。」

慢慢將杯子放回桌面的達也，很乾脆地贊成水波的意見。

水波臉頰泛紅。達也平淡的語氣，聽起來像是覺得「我早就知道這種事了」對她傻眼——這當然是水波想太多了。

「我降落到中亞的幾個地方觀測看看吧？」

光宣不認為達也是在數落水波，但他迅速說出這種提案，果然是在幫水波緩頰沒錯。

「這樣啊。那麼，拜託了。」

達也這次也以乾脆的語氣回答，然後將桌面的「指南針小石板」推向光宣。

小石板表面像是玻璃般光滑。具備透明感的黑色像是以黑曜岩打磨而成，也像是塗上（玻璃質感的）釉藥製成。正八角形的小石板，即使達也已經離手依然在桌布上平滑移動，停在光宣的手邊。

「那我暫時保管了。」

光宣拿起滑到手邊的「指南針」，收進上衣胸前口袋。身為寄生物的光宣也能使用這個魔法遺物。這部分已經實驗確認完畢。

此外，對於達也毫不猶豫交付這個貴重的遺物給他，光宣沒感到任何困惑。這種程度的信賴關係對於彼此來說已經毋庸置疑。

察覺茶杯見底的水波連忙站了起來。

◇◇◇

附設在STARS總部的研究所，反覆以舊金山市警出借的白色石板做實驗，也反覆進行踴躍的議論。

位於核心的是二十二歲的年輕女性，名為伊芙琳·泰勒。是十七歲就從名門工科大學畢業，被聯邦軍錄取擔任技術軍官的才女。

她是在大學畢業之後，經過一年的空窗期報考空軍軍官學校，在審查途中被延攬為技術軍官的奇人。不只如此，她在任官之後的檢查發現很適合培育為戰鬥魔法師，所以暫時分發為STARS附設研究所的所員，同時以STARS隊員的身分接受訓練，擁有的經歷獨樹一格。

晉升為STARS總司令官的卡諾普斯看過達也這個實例之後，希望將精通魔法工學的實戰魔法師收為STARS的部下。他確信不只後方支援，前線也需要精通魔法與技術學識的尉級以上軍官。

而伊芙琳正是卡諾普斯所想要的人材。被卡諾普斯看中的她，並沒有經歷過STARS候補生「STARLIGHT」的階段，直接跳升為STARS恆星級隊員的候補接受教育。這是兩年前的事情。

到了現在，她已經是STARS主任研究員艾比格爾·史都華的助手，同時也是STARS一等星隊員「織女星」的最有力候補。

「白色石板」的分析工作，一開始是艾比格爾自願負責。但她光是分析先前在西岸令許多人受苦，差點引發社會不安的遠古文明魔法「巴別」就分身乏術。因此，身為她的助手，不只擁有高度魔法工學知識，也具備高階魔法技能的伊芙琳就雀屏中選。

伊芙琳率領的分析小組立刻查明，只要朝著「白色石板」注入「無色想子」，就會浮現像是地圖的圖樣。

「伊芙琳，文字解讀完畢了。」

分析小組的男性研究員報告之後，伊芙琳親切回應「謝謝您」。

她是小組的組長，同時卻也是年紀最小的成員。雖說這個組織標榜實力主義，但她明白自己站在受人嫉妒的立場，明白激怒別人不會為自己帶來利益，也明白與其因為情感上的摩擦導致小組表現打折扣，自己稍微忍氣吞聲並不會造成任何損失。

另一方面，她知道自己深得卡諾普斯與艾比格爾的「疼愛」。所以她不擔心部下搶走功勞，克制自己不要亂出風頭。

這個營運方針，到目前為止順利進行。

「寫在石板上的是古印度文字。」

這名男性研究員專精的不是魔法工學，也幾乎沒有魔法師基因。他是ＡＩ專家。而且不是製作ＡＩ的技師，是利用ＡＩ的專家。

魔法不在他的專業領域，所以他對「白色石板」的魔法機關不感興趣。不期待線索能以魔法手段增加，只專注分析現有的情報。

「這張『地圖』看來是在指示香巴拉的位置。」

「香巴拉？是在上個世紀某段時期統治德國的獨裁者，堅持要找到的藏傳佛教理想鄉？」

「不只是德國的獨裁者，前蘇聯的獨裁者好像也深感興趣。」

「總之就是『那個』香巴拉對吧？」

研究員點頭回答伊芙琳的問題。

「地圖指示的場所是印度波斯聯邦的烏茲別克中部，從撒馬爾罕到布哈拉的區域。可惜無法查得更詳細了。」

而且他使用最新的超級電腦，不靠「指南針」的輔助就鎖定目標場所。

◇◇◇

在高度約六千四百公里處運行的衛星軌道居住設施「高千穗」。原本是擊沉的新蘇聯大型潛艦，如今改造成居住用的人造衛星。

「光宣大人，您辛苦了。」

水波在氣閥迎接從地面返回的光宣並且慰勞。

「嗯，我回來了。」

「請問狀況怎麼樣？」

聽到水波這麼問，光宣回答「我想我大概知道了」。

然後移動到將潛艦時期的司令部改造而成的情報中心。

他就這麼站著操作控制台，在螢幕開啟中亞地圖。

光宣拿起筆型演算裝置，在螢幕畫了兩條直線。線的起點分別是土庫曼的裡海東南岸以及哈薩克的北鹹海北岸。是光宣為了調查「指南針小石板」指示的場所而降落的地點。

「指南針指示的地點八成是這裡。」

光宣將兩條線延伸之後交會的場所擴大顯示。

「烏茲別克的布哈拉。關於香巴拉的位置，這裡也和《時輪怛特羅》研究者們提出的假設一致。」

《時輪怛特羅》是藏傳佛教的聖典，是將香巴拉傳說傳承到現代的代表文獻之一。基於某方面的意義來說堪稱是香巴拉傳說的原典。

「那要立刻連絡達也大人嗎？」

使用「指南針」的調查是達也委託的。水波詢問「是否要向達也報告」也是理所當然。

「不，我想再確認一個地點。」

然而光宣給予否定的答覆。

「我實際用過才知道，『指南針小石板』好像有著愈接近目的地愈會敏感反應的性質。比起在巳燒島使用的那時候，這次我在兩個地點使用時的手感更加確實。」

「不只是動的幅度比較大吧？」

「嗯。既然這樣，即使不在原本的目的地，只要在埋藏香巴拉遺物的地點使用，『指南針』或許會產生反應。」

光宣這段話令水波露出驚訝之意。

「埋藏遺物的場所，您心裡有底嗎？」

「相傳拉薩的布達拉宮有一條通往香巴拉的地下通路。我覺得這個傳說值得調查。」

「西藏的拉薩嗎？光宣大人，請問您這樣會不會很危險？」

水波的遣辭用句很恭敬，卻以相當強烈的語氣表達內心的擔憂。

她的擔心有著充分的理由。西藏現在形式上是獨立國家，實質上卻是大亞聯盟的屬國。在大亞聯盟的授意之下，現在的西藏政府不接受日本人入境。

光宣現在不是日本人。三年前的夏天，「九島光宣」已經死了。但他為了在地面活動而使用的假護照是日本的。當地官吏肯定會以非法入境的名義要逮捕光宣。即使刻意沒隨身攜帶護照也一樣。

如果對方是西藏的司法當局，對於光宣來說應該不會成為太大的阻礙。問題在於橫行霸道駐留在西藏的大亞聯盟軍人。

西藏和ＩＰＵ相鄰。ＩＰＵ希望西藏擺脫大亞聯盟，大亞聯盟想阻止西藏受到ＩＰＵ影響。結果西藏成為兩國特務機構暗中較量的舞台。

在大亞聯軍的諜報特務部隊之中也首屈一指的菁英，恐怕已經被派遣到西藏。他們是連光宣也無法輕易對付的高手。考慮到這一點，水波無法樂觀看待光宣潛入西藏的行動。

「我並沒有小看他們喔。我不是去戰鬥的，也不會對重要設施下手。即使沒得到任何成果，我也預計四個小時就回來。」

四小時是高千穗繞行衛星軌道一圈所需的時間。不過地球也在自轉，所以相對來說繞行一圈是四．八小時。適合在地面往返的時間是其中的一小時，無視於難度的話是兩小時。換句話說，光宣不是降落之後沒多久就回來，而是至少要在西藏待兩個小時，這段時間即使陷入危機也無法回到高千穗。

水波以擔心的表情注視光宣。

「放心，我不會勉強自己。」

不過看到光宣柔和的笑容隱含堅定的決心，水波沒能說出制止的話語。

◇◇◇

布達拉宮建造於十七世紀，歐洲因為三十年戰爭而荒廢的時期。像是覆蓋整座山丘般建造，以單一建築的面積來說是世界最大規模。光宣仰望這座宮殿雄偉的樣貌，不禁感動嘆息。

他現在是平凡觀光客的模樣。容貌是注重外貌的普通年輕人，服裝是在香港或上海流行的造型。他以情報體偽裝魔法「扮裝行列」化身為來自大亞聯盟的觀光客。

即使被近距離目睹的布達拉宮吸引目光，光宣也沒忘記此行目的。

（「指南針」沒反應嗎……）

他一邊警戒別人的目光，一邊將用過的「指南針」收回口袋，然後將視線移向布達拉宮的基部。正確來說是以「眼」看向宮殿座落的瑪布日山丘「內部」。

（地下室？還是土裡？肯定有某種東西就是了……）

雖然「指南針小石板」沒反應，但是光宣的知覺感應到宮殿「下方」存在著蘊含魔法力量的物體，恐怕是大量的聖遺物。

（……應該辦不到。收手吧。）

光宣難免食指大動，但是風險太高了。

假設宮殿隱藏了地下設施，而且裡面保管著聖遺物，想要神不知鬼不覺入侵到該處也是難如登天。憑著光宣的實力也很困難吧。如果不是保管在地下設施而是埋在地下，條件就更加嚴苛。無論如何，都必須做好正式招惹大亞聯盟的心理準備。光宣沒有這麼堅持要獲得聖遺物。

（──怎麼回事？魔法？）

光宣忽然察覺自己正要受到魔法的干涉。

（這是……「傀儡法」？）

以「扮裝行列」穿在主體外側──將原本肉身情報體覆蓋隱藏的偽造情報體，被某種從外部搶奪肉體控制權的魔法襲擊。

光宣連同周公瑾的殘存意念一起吸收的知識告訴他，這是以東亞大陸古式魔法「道術」為基礎，操作他人身體的術式。

（來自哪裡？為什麼會被盯上？）

焦急的心情試著支配光宣的意識。

（得先躲起來才行。）

光宣以意志力克制焦急心情，選擇逃走。

光宣背對宮殿，快步走向為觀光客開發整頓的商店街。目前追著他的監視眼線只有一人份。

官吏或是普通士兵應該沒收到光宣的情報。這是來自高階魔法師的追蹤。

光宣克制想要拔腿快跑的心情，走向人多的地方。「扮裝行列」僅止於維持喬裝的最底限，「鬼門遁甲」也已經避免使用。光宣認為自己被盯上的原因是被對方感應到他行使魔法。

外表引人起疑的可能性是零。如果「扮裝行列」的喬裝不夠完美，和大亞聯盟掛鉤的西藏政府警察，或是橫行霸道走來走去的大亞聯盟士兵肯定會盤問他。

關於「扮裝行列」的使用，光宣有充分注意避免被別人發現他使用魔法。實際上無論在日本還是USNA，能察覺他使用「扮裝行列」的人，除了極少數能分辨靈子波形的視覺系異能者，就只有達也一人。

現在追著光宣的對手，可能擁有匹敵達也的知覺能力，或者是……

（……對方感應到我使用「指南針」？）

光宣認為這個可能性比較高。目前不知道「指南針」的動作原理，只查出使用方法。除了啟動所需而注入的想子，無法否認指南針可能會發出某種連達也與光宣都沒察覺的特殊訊號。

光宣混入觀光客的人群之後，追蹤者的視線隨即增加為兩人份。幾乎在同一時間產生魔法發動的徵兆。緊接著，笛聲傳入光宣耳中。

一陣暈眩襲擊光宣。他在踩穩雙腿的同時，重新控制被撼動的「扮裝行列」。受到暈眩襲擊的不只是光宣。他用來隱藏行蹤的許多觀光客，以及正在和他們做生意的店員都一齊蹲下。也有不少人倒在路上不省人事。

（音波兵器？不對……）

科學技術兵器的可能性在一瞬間掠過腦海，光宣予以否定。他聽到的「聲音」不是物理層面的現象。是想子的振動，也就是魔法層面的「聲音」。

（是讓別人「聽到」想子波，藉以干涉不特定多數人的魔法嗎？）

魔法是在設定特定對象之後干涉事象，這是現代魔法理論的常識。然而將不特定多數設為對象的魔法並非不存在。比方說「扮裝行列」就是如此，「鬼門遁甲」也是如此。習得這兩個魔法的光宣，沒被「魔法需要特別設定對象」的常識束縛。

話說回來，「扮裝行列」與「鬼門遁甲」有一個共通點。兩者在本質上都是古式魔法。「扮裝行列」是以古式魔法的忍術「纏衣蜃景」加入現代魔法的知識改造而成，「鬼門遁甲」本身就是改良之後的古式魔法道術。

（這麼說來，對方剛開始對我使用的「傀儡法」也是以道術為基礎的魔法。）

（敵人是道士嗎？）

學習東亞大陸系古式魔法——道術的術士名為「道士」。基於歷史經緯，大亞聯軍有很多戰鬥魔法師是道士。

（敵人果然是大亞聯盟的魔法師。）

（從剛才的攻擊也可以知道，敵人毫不猶豫就敢殃及一般人。）

殃及平民也絕非光宣的本意。

而且如今站在觀光商店街的只有光宣一人。遮掩他身影的群眾人牆已經不存在。

光宣身披的幻影收起表情。他省下幻影五官追隨臉部真實動作的資源，準備進行魔法戰鬥。

光宣的背後響起笛聲。這次是真正的聲音。不是想子波，是空氣的振動。

光宣轉過身去。該處有個吹奏橫笛的嬌小人影。

（小孩……？）

以日本人標準來說，大約是小學高年級男童的身高。不過四肢與頭部的比例是成年人。容貌也是，不看尺寸的話是三十歲左右的男性臉孔。包括服裝在內，看起來像是成年男性等比例縮小的模樣。

就算這麼說也不能大意。雖然是對於魔法沒有抵抗力的平民，不過光是放眼所見就有將近一百人同時陷入無法行動的狀態，肯定是這名男性的笛聲（被認知為笛聲的想子波）造成的。

實際上在現在這一瞬間，和物理音色同時吹奏的想子音樂也撼動著光宣。這個「音色」恐怕是阻礙大腦功能的魔法。頭暈站不穩以及無法維持魔法（正確來說是難以更新正在發動的魔法）的原因，也是因為大腦功能受到干涉吧。

棘手的是這個堪稱「魔笛」的魔法採用音樂形態。不是指定對象施放，在聽得到這種持續釋放的想子波領域內部，這個魔法可以作用於任何對象。只要待在這個領域裡，就算使用「扮裝行列」也無法逃走。

（以「疑似瞬間移動」暫且拉開距離比較好嗎？）

「魔笛」的魔法阻礙效果和「演算干擾」差不多。雖然不到無法發動魔法的強度，卻也沒理由一直待在敵方魔法的影響之下。現在不可能混入人群藏身，繼續隱瞞自己的魔法技能也沒有任何意義。如今沒有猶豫使用魔法的理由。

光宣立刻發動「疑似瞬間移動」。只不過他沒回到高千穗。畢竟現狀沒有急迫到即使沒確保充足的時間集中精神也要選擇「跳躍」到衛星軌道，而且他也千萬不能冒這種險，以免敵人發現高千穗的存在。

光宣的身影消失，在下一瞬間出現在商店街一角的屋頂。他在跳躍之前已經用「眼」確認，這裡是藉由笛聲傳播的魔法效果範圍之外。

他轉身準備反擊。

然而光宣正要編織的魔法，突然被迫切換為防禦用的魔法。

看不見的利刃襲擊光宣。不是現代魔法常用，壓縮成薄片的固態空氣，而是名為「鎌鼬」的真空斬擊。不過人類皮膚沒有柔弱到會被一氣壓的氣壓變化（海拔零公尺的大氣壓是一，真空的大氣壓是零）切開。真正的威脅不是真空的自然現象本身，而是內含的「斬開」的意志。

（與其說是斬擊更像是詛咒……這也是道術嗎？）

周公瑾的知識裡有一個名為「窮奇」的古式魔法。這是將詛咒隨風施放的古式魔法，在敵人內心植入「受傷了」或是「生病了」的認知，藉由這種「認定」導致自身肉體受損，屬於一種精神干涉系魔法。這個魔法之所以命名為「窮奇」，據說是日本將鐮鼬與窮奇視為同一種妖怪，這個觀念在十九世紀反向輸入到大陸。

雖然實際上只是自己這麼認為，卻也不能無視。面對接連來襲的真空斬擊以及順勢而來的詛咒，光宣一邊反彈一邊尋找敵人的位置。

從魔法的觸感判斷，不是吹笛的小個子男性。是另一個追蹤者。

（在哪裡……？）

（——！）

敵人在腳下。在光宣所站的屋頂下方仰望他。四目相對的下一秒，敵人跳上屋頂。光宣連忙向後跳。

年齡大概四十歲左右吧。身高比光宣高一點，寬度與厚度卻是大兩輪以上，有種中年發福的感覺，然而身上不只是贅肉還有肌肉。

跳上屋頂的敵人甚至沒計算攻擊間距就突然襲擊光宣。手上的武器是鐵扇。不是扇子型的鐵器，是扇骨以鐵製成的扇子。

光宣架設反物資護壁。護壁確實擋下鐵扇的打擊。

即使擋下，劇痛卻依然襲擊光宣。雖然以前沒有經驗，但光宣認為「被球棒毆打肯定是這種痛楚吧」。這樣的劇痛穿透魔法護壁襲擊光宣。

「──嗚！」

敵人這次是橫向揮動鐵扇毆打。光宣試著震開對方保持距離。

以寄生物的事象干涉力使用加速系單一魔法。與其說是魔法更像是念動力。

因為是緊急施放，所以無法注入太大的力量，不過以敵方的體格肯定能震飛兩公尺以上。

（──魔法被消除效果了？）

然而實際上只中斷了鐵扇的攻擊。敵人在短短不到一秒像是承受暴風般綳緊身體，然後立刻再度攻擊。

（術式解體？不對，不是這樣。剛才沒看見這種想子洪流。）

（這傢伙是怎麼回事？）

光宣這次對自己使用移動與慣性控制的魔法，跳到隔著道路正對面的屋頂。他一著地就立刻以釋放系魔法製造電球射向敵人。

以時速約三百公里射出的電球漂亮命中目標。敵人試著以鐵扇打下電球，應該是反射性的防禦行動。敵方的古式魔法師──道士看來經由扇骨觸電了，他按著手蹲在屋頂。

但是光宣沒有乘勝追擊施放魔法。他射出電球的同時，敵方也使出「窮奇」。詛咒的風襲擊光宣。光宣不得不優先防禦咒術。

就在這個時候，「魔笛」的旋律再度傳入光宣耳中。另一個道士追過來了。光是操風的道士就很棘手了，如果還要同時對付吹笛的道士會非常不利。

（現在是「三十六計走為上策」。）

光宣這次來到西藏根本不是為了戰鬥。本來的目的已經達成。

光宣以「疑似瞬間移動」暫時上升到一千公尺的高空，尋找適合降落的地點，然後重新連續發動「疑似瞬間移動」跳躍到拉薩市外。

光宣移動到橫向流經宮殿南側的拉薩河南岸路邊空地。距離原本的位置約五公里遠。

之所以只遠離五公里左右，是因為前往人太少的地方恐怕更加顯眼。從地面看見的高千穗已經相當接近地平線。光宣判斷最好等到高千穗下次接近再回到宇宙。

（話說回來，那些傢伙是怎麼回事……）

潛入西藏之後，很可能會被大亞聯盟的魔法師，而且是頂尖水準的高階魔法師攻擊。光宣理解這一點，也自認做了充足的心理準備。然而實際遭遇的魔法師實力超乎預料。不只是實力強到超乎預料，實力的方向性更是料想不到。

暫時稱為「操風手」與「吹笛手」的兩人，魔法威力本身都沒什麼大不了的。「操風手」的「窮奇」作用對象只限於敵方單體，而且應該是以氣流為媒介，所以射程短，速度也慢。「吹笛手」的「魔笛」雖然發動對象的數量令人瞠目結舌，不過用在普通人的時候，比起昏迷的人數，僅止於跪地不起的人數比較多。

相較於和周公瑾有交情的呂剛虎，這兩人在戰場上的戰力可說是相當低等。雖然這麼說，但光宣不曾「直接」體驗呂剛虎的實力，所以這始終是基於傳聞的推測。

然而如果以「對人戰鬥要員」的角度來看，他們的魔法極具威脅性。即使光宣已經做好接受攻擊的準備，那兩人的魔法依然貫穿他的防禦造成傷害。

光宣對於物質性的攻擊與精神性的攻擊都具備強大的抵抗力。這不是他自以為是，他的戰歷證明了這一點。光宣上次苦戰到這種程度的對手，是四葉一族的黑羽文彌、已故的爺爺九島烈，還有達也。

（雖然我自認沒有小看……）

光宣稍微搖頭，暫時將後悔拋到腦後，重振心情。

他將被動魔法知覺力的範圍擴展到半徑一公里偵測周邊，然後捕捉到剛好進入偵測範圍的情報體。

（果然沒完全甩開嗎……）

光宣在內心低語。情報體是敵方道士放出的使魔。在日本稱為「式神」或是「護法」。情報體——使魔不只一具。剛擴展知覺時偵測到的只有兩具，現在卻增加到六具。

使魔像是扇骨（扇子的骨架）般排成放射狀的隊列，以相當快的速度接近。不是追蹤光宣的「疑似瞬間移動」，應該是大致抓個方向派出許多探索用的使魔。組織性地活用「數量」優勢，這是正統偵查隊的運用方法。

雖說使魔的飛行速度很快，卻不是無法以「疑似瞬間移動」擺脫。但是光宣這次沒選擇這個逃走手段。

正常來說，光宣有自信在發動「疑似瞬間移動」之後不留任何痕跡。實際上，先前被達也找去，降落在USNA加利福尼亞州柏克萊的飯店時，去程與回程——從高千穗降落到地面，以及從地面回到高千穗的時候，他都沒讓USNA掌握到痕跡。連鼎鼎大名的STARS都沒能偵測到光宣的「疑似瞬間移動」。

不過現在，光宣完全不知道追蹤他的對手真面目為何。或許會以他不知道的方法追蹤得知他返回高千穗。「疑似瞬間移動」以真正的意義來說，並不是在一瞬間移動的魔法。

即使在高千穗最接近天頂的時間點，單程移動也要十秒左右。如果是從地面所見接近地平線的時候，所需時間預估必須將近兩倍。

雖說從周公瑾的亡靈吸收了關於道術的豐富知識，那個亡靈也不是熟知所有道術與神仙術。

即使對方無法感應到魔法本身，也不能否定移動過程的痕跡會被對方捕捉的可能性。

以最壞的狀況來說，即使陷入暫時被逮捕的事態，也一定要嚴守高千穗的祕密。等到確實擺脫追蹤才能回到宇宙。光宣這麼認為。

逃走？還是迎擊？

光宣選擇逃走。將預先準備的符咒貼在雙腿開始跑。這是從周公瑾亡靈搶走知識而學會的道術「神行法」。對方也是使用相同古式魔法系統的道士，所以會察覺光宣逃走，但是與其停留在單一場所，這麼做肯定比較不容易被夾擊或是中了埋伏，這是光宣深思熟慮的結果。

光宣離開河岸道路，前往尚未開發的丘陵區域。移動速度從時速四十公里達到五十公里，但是使魔的飛行速度更快。光宣避開使魔筆直飛行的路線奔跑，卻還是不到一分鐘就被使魔發現。

光宣一邊跑，一邊試著破壞進逼到背後的使魔。

以結果來說，無系統魔法的單純想子彈，輕易破壞纏著他的使魔。不需要特別的術式。也沒有隱藏「會在被破壞的同時下咒」這種陷阱。

光宣感覺掃興。

但是在下一瞬間，鐵扇的敵方道士出現在使魔消失的場所。

看起來就像是以使魔的消滅為代價出現，這應該是一種「疑似瞬間移動」。使魔或許內建了會在消滅時發出訊號通報座標的功能。

難免被對方出其不意。

但是光宣與鐵扇道士是同時發動攻擊。

光宣是電球的砲彈。

道士是詛咒的風刃。

道士這次沒以鐵扇擋下球狀雷電。不是用右手拿的鐵扇，而是打開左手拿的扇子為盾。是經常用在舞台或表演的大型扇子，以竹子製作扇骨、以紙製作扇面的普通扇子。

以紙與竹子製作的扇子確實不導電。但是光宣不記得自己的攻擊弱到能以普通紙張防禦。

（這傢伙——這些傢伙果然！）

果然擅長的是對人技能。光宣這麼心想。在這裡補充一下他沒以言語說明的想法，光宣推測「鐵扇道士」與「魔笛道士」的真實身分，是大亞聯軍的對人魔法戰鬥專家。

道士左手拿的大型扇子恐怕是魔法具，賦予了防禦魔法攻擊的護盾性質。扇面寫滿文字。那把扇子大概是一整張符咒。

（也就是敵方在追蹤的時候做好萬全準備了。）

面對敵方的魔法——詛咒之風「窮奇」，光宣一邊以「詛咒回送」的結界反彈，一邊在內心低語。

而且稍微露出冷酷無情的笑容。

感覺得到敵方道士藏不住內心的慌張。大概是沒想到風刃內含的詛咒成分被反彈吧，或者是對於光宣會使用道術結界大吃一驚。

防備敵方攻擊的不只是大亞聯盟的道士。道士在追蹤時準備了盾牌要防禦四大系統八大類的現代魔法，同樣的，光宣也在逃走的同時做好防範道術攻擊的準備。

只不過，這張笑容對於敵方造成的心理打擊，沒有光宣期待的那麼強烈。「鐵扇道士」立刻壓抑內心的慌張，襲擊光宣。

接近的速度、踏入間距的犀利度，就光宣所知匹敵達也。如果光宣沒有和達也交戰的經驗，肯定會無法應對。鐵扇的攻擊以及伴隨的衝擊波，光宣好不容易躲開。他深刻體認到剛才是因為在屋頂站不穩才得救。

格鬥術明顯是敵方占上風。直接作用於對方的魔法，會被真相不明的對抗魔法破解失效；以魔法引發物理現象的攻擊，會被當成盾牌的扇子擋下。

唯一的救贖大概是「魔笛道士」沒有一起「跳」過來。即使如此，這樣下去也只是時間的問題。光是乖乖從正面硬碰硬，光宣肯定會敗北。

不，如果光宣依然是人類，應該早就分出勝負了。他沒能完全躲開道士的攻擊。光宣之所以還能站著，是多虧了寄生物的超回復力。

然而也無法永遠維持下去吧。和對抗魔法一樣猜不透真面目的衝擊波，正在慢慢癱瘓寄生物的再生力。光宣實際感受到這個危機。說不定敵人不只是對人魔法戰鬥的專家，更是驅除像是寄生物這種非人魔物的專家。

總之，繼續這樣下去很不妙——光宣這麼認為。他需要的本來就不是戰勝追蹤者。

不是勝利，是要成功逃亡。完全擺脫追蹤者才是光宣的目的。由此比對的話，現在這個狀況並非光宣所樂見。

要是在這裡繼續和「鐵扇道士」打肉搏戰，「魔笛道士」遲早也會追過來吧。這意味著光宣將會更難逃走。

若要打破僵局，必須豁出去使用某些狠招。多少要勉強一下自己，否則無法克服這個難關。光宣決定冒險。

他將原本卸開鐵扇攻擊的護盾，建構為正面接招的角度。

無視於襲擊的衝擊波以及帶來的傷害，將魔法護盾維持在「原地」，就這麼一步步後退。直接作用於敵人的魔法，還是一樣被消除效果。另一方面，魔法護盾完成目的，擋下敵方物質性的攻擊。

敵方道士能將作用在自身的魔法無效化，但如果不是直接作用在自己的魔法，就無法主動消除效果。結果就是道士被擋在護盾前方，和光宣拉開距離。

不過，光宣不認為可以就這麼將敵人困在原地。他需要的是這十步左右的間距。

衝擊波造成的傷害已經累積到危險水域。沒什麼餘力了。如此認知的光宣立刻後退，同時發動了準備完畢的魔法。

對象不是「鐵扇道士」，是瞄準他的腳下。

地面爆發了。從地下兩公尺到地下一公尺，厚達一公尺的地層被賦予向上的瞬間加速，將上方的砂土猛然噴飛。

無視於效率的這個魔法，使得敵方道士也飛到半空中。剛才站立的地面被引爆了。即使能讓魔法失效，也無從防止自己陷入砂土被噴飛。敵人身體被震到將近兩公尺高，和一起飛揚的砂土同時墜落，半個人埋了進去。

然而爆發的力道不足以癱瘓一流的戰士。

「鐵扇道士」應該會立刻從差點活埋的砂土起身襲擊吧。

光宣沒趁機攻擊。

他為了逃亡，連續發動短距離的「疑似瞬間移動」。

光宣以好幾次的「疑似瞬間移動」大幅繞過丘陵區域，回到拉薩市區。

這個戰術能反將敵方一軍的機率是五五波，但光宣混入市區之後，總之沒看見「魔笛道士」與「鐵扇道士」，也沒看見他們以外的敵方魔法師。

光宣徒步走向車站，以「扮裝行列」搭配「鬼門遁甲」潛入停在站內正要開往青海的列車。他沒有車票。偷別人的車票與身分證件對於光宣來說不是難事，但他不認為需要做到這種程度。總之目的是擺脫追蹤，所以他預定在驗票之前跳車。

然而，事情沒有這麼順心如意。

前方的車廂傳來喧囂聲。從斷續傳來的隻字片語判斷，大亞聯盟的士兵好像上車臨檢了。

想得太簡單了。光宣在內心呻吟。如果那些道士是軍方魔法師，當然可能會臨檢所有駛離拉薩的列車與汽車，應該說必然會這麼做。雖然不想承認，但我應該太小看大亞聯盟了……光宣如此心想。

後悔使得思緒停滯。行動變得遲鈍。

在接近的腳步聲中察覺魔法師氣息的瞬間，光宣才展開行動要逃離列車。

不是剛才襲擊光宣的兩名道士。

所以才會慢半拍察覺吧。

這麼接近都沒察覺，大概是因為自己下意識認為敵人只有那兩人吧——光宣將這種自責的念頭塞進腦袋一角，尋找逃出列車的路線。

通道擠滿人。如果強行撥開他們前進，應該來不及抵達另一側的出口。只能跳窗了。這個判斷沒花多少時間。

光宣無視於怒吼，將伸過來要抓他的手連同對方身體甩開，來到窗邊。

視野一角捕捉到其他乘客前往隔壁車廂。大概是去找臨檢的士兵打小報告吧。愈來愈不能浪費時間了。

光宣將手放在窗框。幸好車窗沒有封死。他一口氣將車窗完全打開。

此時，頭上響起腳步聲。某人從上空跳到列車車頂的聲音。

緊接著，車內充滿笛聲。

音樂伴隨的魔法平等襲擊所有人。

在乘客聽到聲音而蹲下、跪下、倒下的狀況中，光宣踩著窗框跳出列車。

發車前的月臺上，許多士兵在各處集結成群。光宣從車窗跳下車之後，其中一群士兵沒警告就開槍。

列車側面被打出蜂窩般的彈孔。

在槍口瞄準的階段就架設護壁的光宣沒中槍。可惜並不是沒人成為流彈的犧牲者。

維持跳車姿勢壓低重心的光宣站起來了。轉身抬頭一看，像是少年的矮小道士在車頂吹著橫笛。

朝著光宣開槍的士兵們肯定也聽到道士的吹奏，但是他們看起來沒受到魔法影響。看來聽得到音樂的範圍與魔法產生作用的範圍不一致。

笛聲暫時中斷，換個風格之後再度吹奏。大概是換了曲目吧。

同時，笛聲伴隨的魔法效果也變了。光宣立刻明白是什麼樣的效果。

從阻礙身體機能的魔法，改成阻礙魔法式建構的魔法。

尤其可以有效將魔法的瞄準模糊化。

以光宣的實際感覺，沒有強到能完全封鎖他的魔法。但他因而不敢使用長距離的「疑似瞬間移動」。

以這個魔法來說，「瞄準變得模糊」意味著「移動地點的情報量受限」。情報層面的距離比物理層面的距離更影響魔法效果，情報受限就代表情報層面的距離變遠。即使是近到肉眼清晰可見的距離，要是情報受限就等於是地平線的另一頭。

這簡直是要封鎖光宣逃走手段的魔法。不，應該是分析光宣的逃走手段之後，為了妨害而選擇這種魔法吧。

幸好光宣以褲管隱藏的左右小腿依然貼著「神行法」的符咒。光宣選擇以這個道術逃走。之所以沿著列車開始奔跑，是因為士兵聚集在相鄰的月臺。光宣在使用「神行法」的同時也發動「鬼門遁甲」。這是為了閃躲士兵的槍擊。

笛聲魔法大概是鎖定現代魔法，對於古式魔法的干涉力較弱。光宣是以「神行法」實際感受這一點，進而選擇使用「鬼門遁甲」。

但是他立刻解除了「鬼門遁甲」。

看見術士的人們會因為這個魔法導致方向知覺失常。利用對方想確認術士位置的意識，干涉對方的精神機能。

結果，想知道術士位置的人，意識總會被誘導到錯誤的方位。

那麼，如果「鬼門遁甲」作用在想朝著術士開槍的人身上，會變成什麼狀況？

答案是會發生永無止境的誤射。

扣下扳機的人自以為槍口朝著正確方向，方向卻被擾亂。在車站這種人多的地方，會產生大量的誤射犧牲者。現在在這裡正有許多平民中槍流血。

平民的傷亡是我的責任——光宣不會這麼想。誤射是扣扳機的人要負責。他在拋棄人類身分的時候，習得這種放得下的心態。

但是即使沒有自責的念頭，這幅光景看起來也不舒服。雖說是大亞聯盟的人，光宣也沒理由懷抱敵意或恨意，如果是西藏人更不用說。光宣個人也不願意見到無謂的犧牲者增加。

擾亂方位的魔法解除之後，大概是察覺光宣正沿著列車跑走，車上的魔法師從光宣背後以魔法攻擊。

九把沒有握柄的細小匕首同時射來。但是這些匕首沒射中光宣。大概是「魔笛道士」的魔法使得瞄準失常吧。看來列車上的是現代魔法師。

光宣腦中靈機一動。

現代魔法的瞄準會失常。那麼古式魔法的攻擊又如何？那個道士是否也有提防古式魔法的攻擊？

光宣從腰包取出原本不想用，只是帶在身上以防萬一的符咒。不是以周公瑾的知識製作的物品，是利用前第九研收集的古式魔法知識製作的日本陰陽術符咒——式符。進入今年之後，在宇宙的生活基本上有很多自由時間，所以光宣新學會了這項技術。

光宣放慢奔跑速度，將式符向後扔。

「急急如律令。」

同時，他唸出啟動符咒的關鍵句。

式符瞬間燃燒，火焰化為鷹的外型。

（好，和我想像的一樣。）

正如光宣的推理，現在吹奏的曲子沒有阻礙古式魔法的效果。不只是作用於術士自身的古式魔法，遠距離術式也不會被妨礙。

暗紅色火焰化為鷹的外型在天空飛翔，襲擊「魔笛道士」。

笛聲變成尖銳的長音。

聲音變換為壓力。

笛聲伴隨的想子波衝擊，將火焰之鷹壓潰。

式神化為灰燼四散。「魔笛道士」瞬間破解光宣的古式魔法攻擊。

光宣的攻擊絕對不是業餘水準。雖然發動程序比較簡略，式符卻是注入相當時間與咒力製作的成品。那個道士身為古式魔法師的實力，比起光宣有過之而無不及。

不過，光宣在這個局面略勝「魔笛道士」一籌。

為了消滅鷹的式神，笛子的吹奏中斷。

中斷的時間是一拍。火焰之鷹化為灰燼四散時，魔笛就再度開始吹奏。

然而對於光宣來說，光是這一剎那的中斷就夠了。

「疑似瞬間移動」在瞬間發動。

笛子正要重新吹奏的時候，光宣的身影已經從原地消失。

◇◇◇

「魔笛道士」定睛注視光宣消失的場所好一陣子。

知道看不出任何痕跡之後，他放棄追蹤。

道士跳下列車車頂。剛才以小型匕首攻擊光宣的魔法師，跪在他矮小的身體前方。這名魔法師別著大亞聯軍的少尉階級章。

「韓大人，非常抱歉。」

「少尉，被他逃走不是你的錯。我也中了他的計。」

被稱為韓大人的道士聲音低沉穩重，和他矮小的體格不搭。

「追蹤這方面您意下如何？」

「這個嘛……總之請封鎖所有道路，無人機的巡邏要徹底進行。」

韓道士思考片刻之後，做出符合常理的指示。

這也是表明他無法以魔法追捕逃走的魔法師——也就是光宣。

魔法師少尉就這麼跪在地上，以洋溢意外感的眼神仰望韓道士。

「怎麼了？」

「沒事！……剛才的魔法師到底是誰呢？」

被韓道士詢問視線的含意，少尉連忙含糊其詞。

「不知道。對方不只是現代魔法，還會使用道術，但我認為他不是道士。」

「難道是『七聖仙』？」

「我認為不是，但是無法否定這個可能性。」

這裡說的「七聖仙」是印度波斯聯邦以精銳魔法師組成的特務部隊代號。和大亞聯盟的魔法師部隊在西藏、維吾爾、蒙古、哈薩克與烏茲別克等地進行暗鬥。

「要姑且通知一下鍾離大人嗎……？」

少尉戰戰兢兢詢問。

「鍾離大人」是使用鐵扇，剛才一起追捕光宣的道士，和韓道士是同一組織的競爭對手。

聽到少尉這麼問，韓道士回答「說得也是」大方點頭。

◇◇◇

逃跑長達三小時之後，終於擺脫追蹤回到高千穗的光宣，精疲力盡到一眼就看得出來。

「光宣大人，您還好嗎？」

光宣伸手制止跑過來的水波，走到居住區域，讓身體深深躺在沙發上。

「要放鬆重力嗎？」

水波擔心詢問。這個居住區的重力是以人造聖遺物「儲魔具」維持。光宣或水波每六個小時會更新重力控制魔法，卻也可以隨時中斷儲魔具現有的機能並且重新存入別的魔法，這是人造聖遺物內建的規格。

「不，我還好。不提這個，我想吃一些好消化的東西。」

光宣現在與其說是用盡體力，更像是陷入精氣不足的狀態，不過精氣是從生命活動產生的。想自行解決精氣不足的問題就需要活化生命活動，想活化生命活動就需要補給身體的能量。

水波有點慌張地回答「遵命」，走向廚房。

水波以地面送來的豐富食材做了滋補養身的雞蛋粥，光宣的氣色因而改善許多。即使如此也沒能立刻復原，光宣進食之後經過一個多小時，身體才正式回復活力。

「光宣大人……方便請教到底發生了什麼事嗎？」

水波詢問的語氣同時隱含擔憂與怒氣。

「我自認沒有掉以輕心，但我太小看大亞聯盟了。」

光宣自覺明明說過不會逞強卻害得水波不安，所以率直承認自己的過錯。

「西藏有超乎我預料的棘手道士。」

光宣以這句話做為開場白，說明自己被古式魔法師追捕。對方使用的是在周公瑾的知識也找不到的未知技能，自己費了好長的時間才擺脫追蹤。

「……是這麼難纏的強敵嗎？」

「是強敵沒錯。我花費三小時那麼久是為了避免交戰，不過即使從一開始就以殺敵的心態對付，應該也難免陷入苦戰。這兩人的破壞力不強，卻擁有適合用在對人戰鬥的技能。」

「是專精於對人戰鬥的古式魔法師嗎？」

「是的。尤其從那種讓魔法失效的技能來看，或許是反擊魔法師的專業部隊。」

「……這件事告訴達也大人比較好吧？要不要由我來報告？」

水波之所以這麼說，是因為這次潛入西藏沒先找達也談過。光宣不是達也的部下，不過能夠像這樣生活都是多虧達也。水波覺得光宣若要坦承自己的獨斷專行可能會尷尬，所以貼心表示願意代勞。

「——不，我自己說吧。我決定乖乖被他罵一頓。」

大概是知道水波的想法，光宣露出苦笑這麼回答。

◇ ◇ ◇

光宣沒有擱置自己的承諾。

而且達也連一句話都沒有責罵光宣。

『——你遇到的對手恐怕是「八仙」。』

聽完報告的達也，對於光宣交戰的對手是這麼說的。

「八仙嗎？……應該不是東亞大陸傳說中的仙人們吧？」

『名字的由來正是你說的八仙，但真實身分當然不是。』

聽到光宣這麼問，達也在雷射通訊的螢幕上笑著搖頭。

道教相傳有八名代表性的仙人。姓名分別是李鐵拐、鍾離權、呂洞賓、藍采和、韓湘子、何仙姑、張果老、曹國舅等八人。

『大亞聯盟的特殊任務部隊以傳說中的八仙姓名為代號，聽說是以道教系的古式魔法師組成的。』

「有這種部隊啊……我不知道這件事。」

『我也不知道詳情。應該連國防軍都沒有掌握細節吧。』

「是祕密部隊嗎？」

『肯定是當成祕密沒錯，不過至今他們的活動範圍好像限定在國內與中亞，才會在日本以及USNA不為人知吧。IPU的軍方相關人士或許知道更詳細的情報。』

「畢竟活動地域不一樣。」

當時的這個話題就此結束。

達也與光宣都沒有預知能力。兩人都完全沒想到，在不久之後的將來，「八仙」將會再度和他們有所交集。

Road to Shambhala

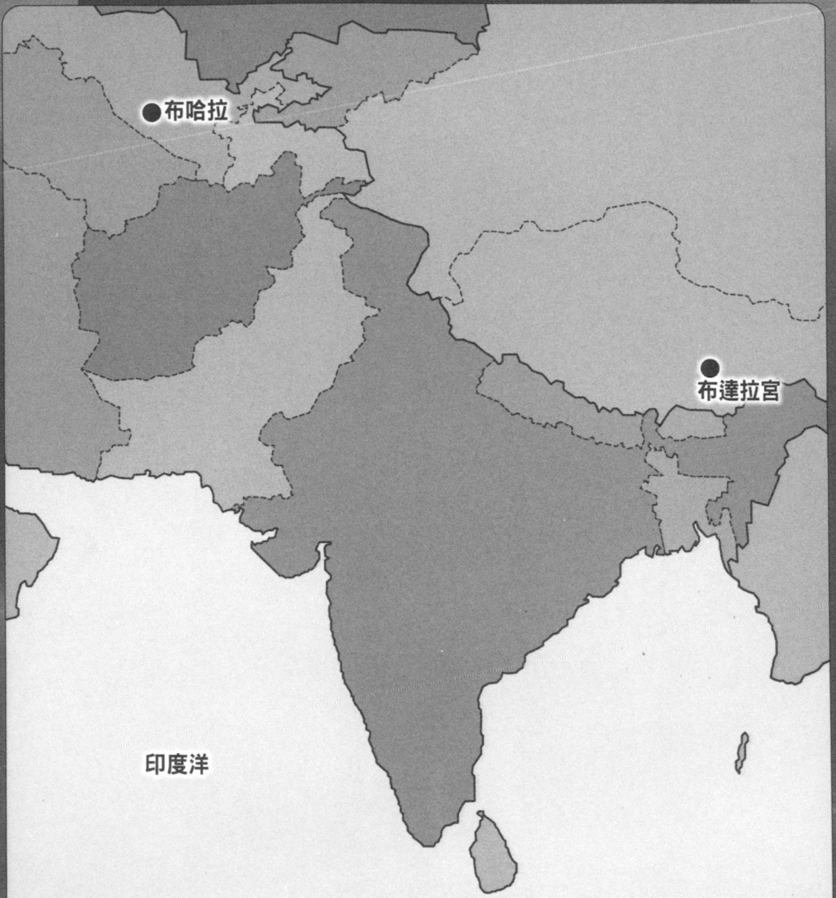

The irregular at magic high school Magian Company

【2】暗潮洶湧

七月二十五日，達也和深雪一起造訪四葉本家。

因為已經預約面會，所以兩人立刻被帶到真夜面前。

真夜詢問來意，達也說明先前從「白色石板」與「指南針小石板」導出的假設，請求真夜准許他訪問IPU。

「要去找香巴拉？你當真？」

聽完達也的說明，真夜難得露出目瞪口呆的表情。

「屬下不相信香巴拉現今依然存在。只不過，如果是成為傳說源頭的文明遺跡，屬下認為找到的可能性不低。」

「……意思是有機會找到聖遺物？」

「或許會獲得更貴重的寶物。例如沒使用過的『導師之石板』。」

「記載疑似是遠古文明魔法的石板嗎……」

發掘未知魔法的這個可能性，明顯打動真夜的心。

前第四研在研究精神干涉系魔法的同時，也以強化魔法演算領域本身為目的。繼承這些研究的四葉家，除了表面上背負著「對國家有所貢獻」的義務，背地裡將「魔法本身的進步與強化」標榜為族人的使命。

遠古文明魔法在某些方面明顯比現代魔法優秀。身為四葉家的當家，無法忽視發掘這種魔法的可能性。

「出國的名義要怎麼辦？」

派遣真由美前往ＵＳＮＡ的時候，達也以「稍微」粗暴的手段，爭取到魔法師出國的自由。但是出國需要目的。觀光之類的藉口肯定不管用，也不可能老實申告要去發掘魔法遺物。

「屬下打算利用魔法人協進會與ＦＥＨＲ的合作關係。」

「具體來說呢？」

「合作協議書的簽署儀式從公海變更為斯里蘭卡，以見證為理由出國。」

「不是以電子簽名就能辦妥嗎？」

現代大多不製作有形的合約，只以電子檔案了事。正如真夜的指摘，協進會與ＦＥＨＲ的合作原本也預定以這種形式了事。

「已經在ＦＥＨＲ的法律顧問申請之下，變更為書面文件。」

「這真的是對方申請的嗎？」

真夜面帶笑容，以消遣的語氣詢問達也。

「是的。雖然是巧合，不過以結果來說給了這邊一個方便。」

「巧合是吧……」

看見達也面不改色這麼回答，真夜加深笑容。

「哎，就這麼辦吧。斯里蘭卡表面上是中立國，所以比起直接前往IPU，造成的刺激應該比較少。」

真夜口中會受到「刺激」的對象有很多種。不只是日本政府與國防軍，也包含外國的政府、軍事、諜報機構，以及被稱為「幕後黑手」或是「灰色樞機卿」的影子掌權者。

「所以，你這次也要帶深雪一起去嗎？」

真夜看向達也身旁默默待命的深雪這麼問。

深雪就這麼維持稍微低頭的姿勢，視線沒和真夜相對。

「屬下是這麼打算的。因為屬下身旁是全世界最安全的場所。」

達也大膽斷言，真夜只能「哎呀哎呀……」露出苦笑。

「而且這次預定也讓莉娜同行。」

達也真心認為對於深雪來說，他的身旁是全世界最安全的場所。但也知道並非萬無一失。世界上某些場所只限女性進入。為了填補這個漏洞，需要同性而且實力至少匹敵深雪本人的高手相伴。

例如莉娜這樣的實力派。

「這樣啊。那我就沒什麼好說的了。」

「不敢當。」

「等你的好消息。」

真夜說出最後這句話的表情，就像是引頸期盼伴手禮的孩子。

◇◇◇

七月二十六日，造訪四葉本家的隔天。

達也前往町田的魔法人聯社事務所出勤。

深雪到月底都要進行魔法大學的期末考。達也在入學的時間點，就以「對大學的研究有所貢獻」為條件免除考試。深雪有心的話也可以適用相同的特例，但她考慮到世間觀感不想免除。今天她也是認真應考。

行政工作大致處理完畢之後，達也在將近中午的時間打國際電話到ＩＰＵ的印度共和國。通話對象是魔法人協進會的代表人錢德拉塞卡。

『知道了，我完全沒問題。』

和ＦＥＨＲ的合作協議書簽署儀式的舉辦場所，達也希望變更為斯里蘭卡的協進會總部，錢德拉塞卡二話不說就答應這個要求。

「謝謝您。ＦＥＨＲ那邊我晚點會徵求他們同意，日程確定之後會再和您連絡。」

『我這邊到下個月底都有空，所以隨時都可以。話說先生……』

不過，並不是只以大方的回應做結。

『請問您來這裡的真正目的是什麼？』

這場簽署儀式只是幌子的事實，看來立刻就被看穿了。

錢德拉塞卡不只是學者，也是在國防政策擁有強大發言權的ＩＰＵ高層。打從一開始就不可能不知道這種程度的事。

「我想叨擾貴國一趟。」

『不是斯里蘭卡，是我們聯邦？』

錢德拉塞卡略表意外。

隱含在她語氣的意外感只有一點點。

「詳情我想在直接見面的時候向您說明。」

『……我知道了。』

聽完達也任性的說詞，錢德拉塞卡思考的時間也只有一下子。

『那麼簽署儀式結束之後，就邀請您來我家一趟吧。』

「……可以嗎？」

回應所需的時間反倒是達也比較長。

『是的，請務必光臨。方便的話，我也想請教恆星爐以及人造聖遺物的事。』

「知道了。既然是這麼回事就沒問題。」

錢德拉塞卡想以「在科學方面交換意見」的形式邀達也入境。達也理解到這個意圖，並且決定照她的意思行事。

◇◇◇

達也在隔天早上打電話給蕾娜。

蕾娜就像是期盼已久般答應簽署儀式的變更。詢問準備出國需要的天數時，也是馬上就想啟程渡航般積極。

看來蕾娜有了某個想去斯里蘭卡或是IPU的理由。達也如此心想。

說不定她的理由和達也等人相同。「白色石板」＝「地圖之石板」留在USNA。達也不認為ＦＥＨＲ的實力足以解開地圖之謎，不過或許是某人想讓ＦＥＨＲ探索香巴拉。

達也內心這麼認為的，卻沒透露這個推測，和蕾娜討論簽署儀式的日程。最後定在深雪剛放暑假可以保有自由時間的八月二日。

◇　◇　◇

時間稍微往回推。達也是在當地時間下午四點打電話過來，但在兩小時前，蕾娜被ＵＳＮＡ聯邦軍的軍官要求面會。

這是完全沒在預定行程的突然來訪。一般來說會拒絕，但對方是聯邦軍的軍官又是STARS的成員，所以不能這麼做。蕾娜在自己的辦公室邀請不速之客入內。

「初次見面，費爾小姐。我是特殊作戰軍方魔法師部隊STARS所屬的伊芙琳・泰勒少尉。」

強行來訪的軍官只有她一人。是身高稍微高於平均標準的年輕女性。

「初次見面，少尉。我是擔任ＦＥＨＲ代表的蕾娜・費爾。」

為了打招呼而起身的蕾娜，被對方的魄力震懾。蕾娜的身高是一六〇公分出頭。對方是比她高五公分左右的程度，所以不是被身高震懾。

伊芙琳的身材非常好。接近她要握手的時候，會有種被她大幅向前突出的胸部壓迫的錯覺。

老實說，蕾娜對於自己像是少女般嬌細柔弱的體型懷抱自卑感，或許因而更加意識到伊芙琳的身材。

「請坐。您今天前來是為了什麼事？」

蕾娜以笑容藏起內心的敗北感，立刻詢問對方來意。

「關於你們當成證物提交的石板，這邊想進行說明以及提出請求。」

「說明以及……委託？」

「是的。」

伊芙琳點點頭，說明「白色石板」很可能是指引前往香巴拉的地圖。

「香巴拉……？恕我失禮，這只是傳說吧？」

「您不相信嗎？」

蕾娜符合常識的這個反應，使得伊芙琳揚起嘴角。

「……老實說就是這樣。」

蕾娜略顯保守點了點頭。

「其實我也是。」

伊芙琳不改笑容這麼說，蕾娜露出大感意外的表情。

不過伊芙琳還沒說完。

「但是請您想想看。魔法在一百年前也只不過是一種童話。」

「……意思是香巴拉也真實存在？」

「我不認為香巴拉這座都市『至今』依然存在。」

「您認為曾經存在嗎？」

「嗯，是的。」

伊芙琳滿意般點點頭。

「我們認為『白色石板』指示了香巴拉遺跡的位置。」

「簡直是藏寶圖耶。」

蕾娜脫口說出帶點懷疑的這個感想，引得伊芙琳笑出聲。

「藏寶圖！形容得真妙！」

伊芙琳的表情突然改變。除了嘴角依然上揚，臉上的其他部分變得正經。

「我們會做好準備援助您的組織。」

「您說的『援助』是？」

蕾娜不是開心，而是露出疑惑的表情。

「意思是不只資金上的援助，也包括資金以外的一切。」

「……是要將ＦＥＨＲ納入STARS的旗下嗎？」

「是援助。沒有支配的意思。」

蕾娜以試探的眼神看向伊芙琳。雖然不是刻意使然，但蕾娜琥珀色的雙眼隱含些許金色。

「……請說明條件。」

蕾娜絕對沒有大聲說話。即使如此，她的聲音依然在室內層層迴盪，充盈全「場」。

沒使用魔法。眼睛變色顯示她的「力量」活化，不過滲入內心的聲音，以及彷彿在大教堂請德高望重的聖職人員傳教的莊嚴氣氛，是蕾娜擁有的領袖氣質之一。

伊芙琳以表情表示感嘆。但是僅止於此。她雖然佩服卻沒受到感動。

「這個嘛……如果借用您的說法，就是要請您前去『尋寶』。」

「……意思是要我去找出香巴拉的遺跡嗎？」

「是的！」

伊芙琳露出「妳悟性真好」的笑容點點頭。

「如果我們的解讀正確，那麼香巴拉遺跡就在ＩＰＵ的烏茲別克。」

「ＩＰＵ嗎……」

蕾娜之所以沉思，並不是認為自己難以出國。關於魔法師出國，ＵＳＮＡ屬於比較寬容的那一類。雖然列入STARS候補的高階魔法師被嚴格管制出國，不過低階魔法師只是審查嚴格，沒有被禁止出國。

「ＩＰＵ會認可我們挖掘遺跡嗎？」

「如果老實申告目的，應該不會獲准入境吧。」

「……所以是要非法滯留？」

「這部分今後再思考對策吧。」

伊芙琳若無其事的這句回答，使得蕾娜感受到某種不容忽視的玄機。

「少尉也要同行嗎？」

委託人一起進行挖掘調查，表面上感覺沒什麼好奇怪的。

可是既然這樣，就沒有委託蕾娜調查的必要。是因為ＵＳＮＡ軍人在ＩＰＵ無法自由行動，才想要利用民間的ＦＥＨＲ嗎——蕾娜如此猜想。

「接下來是第二個請求。請讓我加入ＦＥＨＲ。」

「您的意思是要拿ＦＥＨＲ來偽裝嗎？」

「是的。」

伊芙琳毫不愧疚點了點頭。

「啊，當然沒有強制喔。這是來自『聯邦軍』的請求。」

伊芙琳的微笑連一丁點的罪惡感都沒有。以甚至可以形容為純真的眼神看著蕾娜等待答覆。

到最後，蕾娜接受了伊芙琳這兩個「請求」。

◇　◇　◇

七月二十八日。達也連續三天到町田的事務所出勤。

依照本週最初的預定，今天應該在巳燒島處理恆星創能的工作才對。不過達也昨天傍晚打電話給FEHR的蕾娜之後，接到獨立魔裝聯隊真田少校的電話說「想當面談談」。雖然邀請對方來巳燒島也不成問題，但他考慮到對方的方便性而指定這個場所。

達也和真田見面的機會還算多。達也已經不是特務軍官，卻沒有和國防軍斷絕關係（此外，這裡所說的「特務軍官」不是沒接受正規軍官教育破例獲得軍官待遇的人，而是身為平民卻被賦予非義勇兵之正規戰士資格與軍官身分的人）。

以CAD為首的魔法工學產品，至今也是軍事方面的需求最大。軍需產品在FLT所占的營收比例，因為恆星爐相關產品的銷量提升而有下降的傾向，但國防軍依然是重要客戶。

即使是捨棄托拉斯．西爾弗這個名字的現在，達也依然兼任FLT的研究員。為了和技術軍官真田討論訂製的產品，兩人每個月至少會見面一次。

「請問今天有什麼事？」

所以達也沒花太多時間問候，直接詢問真田的來意。

「我經由隊長帶來明山總部長的委託。」

「總部長的委託？請告訴我吧。」

在國防軍幹部之中，參謀總部長明山是包括文官組與武官組在內，對魔法師採取最和善立場的人物之一。上個月進行彗星爆破的實作展示時，雖然是半強迫性的，但是也有請他協助放寬魔法師的出國限制。

在那個事件，達也覺得多多少少欠了明山一些人情，不吝接下相應的工作做為「回報」。

「司波先生。」

現在的達也對於真田來說不是同袍，是做生意的對象。所以當然換成了合適的稱呼方式。

「聽說您下週要訪問斯里蘭卡。」

「您已經知道了嗎？」

達也對此不太驚訝。不同於上次赴美，這次出國前往斯里蘭卡並未保密。渡航所需的簽證也已經在昨天向剛成立的斯里蘭卡大使館（斯里蘭卡是在今年四月從ＩＰＵ分離獨立）以正規程序申請。

如達也自己所說，他吃驚的是真田「已經知道」。

「就我所知是要參加魔法人協進會舉辦的儀式。」

「是的。協進會已經正式和美國名為ＦＥＨＲ的團體合作，我要出席雙方的簽署儀式。」

這也不是需要隱瞞的事。達也不只點頭，還在回答的時候加入儀式內容。

「如果行程有空，方便去一趟ＩＰＵ嗎？」

「去ＩＰＵ？」

達也只有疑惑動了動眉毛，但如果是深雪或莉娜應該藏不住慌張吧。無須多說，不同於造訪斯里蘭卡，前往ＩＰＵ的計畫是機密。

「從斯里蘭卡入境ＩＰＵ不需要簽證，而且以司波先生的立場，即使接受錢德拉塞卡的私人邀請也不突兀。」

「換句話說，要我拜託博士讓我入境？」

「啊啊，不，並不是強迫，是請求。想請您在ＩＰＵ捎個訊息給拉什・辛格將軍。」

拉什・辛格是掌管ＩＰＵ前印度軍的將軍。雖然階級是中將，不過在軍事相關人士之間，盛傳他實質上的權勢甚至大於印度波斯聯軍最高司令官的大將。

「把親筆信交給他就好嗎？那我就在斯里蘭卡請博士幫忙吧。」

拉什・辛格與錢德拉塞卡，據說是關係「特別」親密的交情。

「不，是口頭訊息。」

真田搖了搖頭。

達也的眉毛這次稍微上揚表達驚訝之意。也就是說真田委託達也「轉達一段不會留下任何電子檔案與書面資料的訊息」。

「機密等級這麼高的訊息被我聽到沒問題嗎？」

「只要沒留下證據就沒問題。因為只看訊息內容並沒有太大的意義。」

「……換句話說，『總部長有話要對辛格將軍說』的這個事實如果留下來才是問題吧？」

「一點都沒錯。」

達也看著真田欠缺嚴肅氣息的臉孔，思考十秒左右。

「知道了。有機會的話，我會轉達。」

「這樣啊。謝謝。」

真田說完從椅子起身，繞過兩人之間的桌子，將嘴湊到達也耳邊。

◇　◇　◇

逃過警方強制搜查的ＦＡＩＲ首領洛基・狄恩與副首領蘿拉・西蒙，從落入司法當局手中的舊金山市總部移動到列治文市的祕密居所。

在這之後整整一週，狄恩依然完全無法行動。

攻進總部的是舊金山市警，不過狄恩與蘿拉如今被州警發布全國通緝令，搜查相當嚴格。

蘿拉從情報販子口中得知，狄恩他們是因為在奧克蘭進行「巴別」實驗，所以被當成恐怖分子通緝。警方不知道「巴別」的事，卻從聯邦軍那裡得知曾經發生恐攻未遂案件，而且主謀就是狄恩。

警方追緝恐怖分子的嚴厲程度，普通的罪犯完全無法相比。如果是恐攻案件的主謀，光是作勢要逃走就可能當場射殺。狄恩無法自由外出就是基於這個理由。

開始潛伏的八天後。一名男性前來造訪狄恩。

洛基・狄恩的外貌完全是義大利裔的白人，卻是華僑出身。他能像這樣躲在這裡，也是受助於華僑在美國檯面上下建立的人際網路。

造訪列治文市祕密居所的男性，是華僑的人際網路介紹的。

男性自稱是「呂洞賓」。

「如果我記得沒錯……」

同席的蘿拉在一旁以客氣卻清晰的語氣插嘴。

「呂洞賓不是八仙的名字嗎？」

呂洞賓。東亞大陸代表性的傳說仙人之一。

外表三十歲左右的這名男性，對於蘿拉指出這點淺淺一笑。

「我是『八仙』之一。不過是現代的『八仙』。」

「那是什麼？」

狄恩以不悅語氣詢問。他起碼知道傳說仙人的名字，不過聽到「現代的八仙」也毫無頭緒。

「我軍有一個組織使用這個名稱。」

呂洞賓以直爽語氣回應。不過狄恩沒聽漏這句話裡的重要情報。

「『我軍』？你是大亞聯軍的魔法師？」

呂洞賓就這麼掛著淺淺的笑容，沒肯定也沒否定。

「我們已經準備好支援兩位。」

呂洞賓以這個提案代替回答。

「意思是要援助資金嗎？」

「資金的話需要多少都會提供。不過，只要資金就好嗎？」

「意思是也會派遣兵力？」

狄恩以難掩驚訝的表情反問。

「首先由我來助兩位一臂之力吧。」

「由你……？」

狄恩的疑惑表情並不是在小看呂洞賓，也不是在懷疑他的實力。呂洞賓在進入這個房間的瞬間就沒有隱藏實力。只要是魔法師，一眼就看得出他實力不凡。

狄恩抱持的是「此等高手為什麼要幫我？」這個疑問。

「請等一下。您為什麼願意助我們一臂之力？」

蘿拉明確說出相同的疑問。

「因為狄恩先生是同胞。」

呂洞賓就像是預先準備般回答得非常流利。

「我想想……為了證明我們是認真的，首先就把警方搶走的石板拿回來給兩位看吧？」

而且進而提出這個建議。

蘿拉以視線觀察狄恩的意願。

「——請容我見識一下您的本事吧。」

接受建議的狄恩，態度與遣辭用句都有所改變。

◇◇◇

解讀完畢的「白色石板」已經歸還到舊金山市警的保管庫。

七月底，這十六塊石板失竊了。警方是在證物清點日的三天後察覺這個事實。

警局內部各處都設置監視器，卻完全沒有鏡頭捕捉到竊賊的身影。

【3】渡航

八月二日上午，達也抵達斯里蘭卡南部的漢班托塔國際機場。搭乘的不是普通客機也不是軍機，是他的私人噴射機。

飛行上以氫氣燃料為主並以魔法輔助的這架極音速機，最高速度是七馬赫。雖然是民用機卻搭載可以轉用為對空雷射砲與高能量電波兵器的雷達。飛行員也曾經是國防空軍的戰機駕駛員。

機體性能比不上軍機，不過客艙以人造聖遺物「儲魔具」發揮慣性控制的功能，搭乘起來很舒適。和亞音速客機相比，乘客感受到的負擔應該比較少。這架私人飛機活用這個性能，從日本飛往斯里蘭卡只花費兩小時。

同行的是深雪、莉娜以及花菱兵庫。文彌與亞夜子也想跟來，但是黑羽家有別的重要工作，兩人不情不願放棄同行。

關於這趟行程是否要帶兵庫，曾經發生一些議論。以個人的戰鬥力來看，兵庫在緊要關頭很可能成為累贅。不過他擁有在民間軍事公司修行時培養的人脈。

這次的目的地是中亞。達也與莉娜擁有的ＵＳＮＡ門路應該沒什麼用。錢德拉塞卡可以信賴到何種程度也是未知數。

十萬火急的時候可以經由高千穗逃離。但這真的是最後手段。遭遇到直接戰鬥以外的麻煩事時，依賴兵庫動用傭兵人際網路的局面可能會來臨。如此心想的達也在最後將兵庫選為隨行成員。

魔法人協進會的事務員來到機場接機。自我介紹的時候，他自稱是錢德拉塞卡的徒弟之一，因為大學沒徵求研究人員，所以進入協進會就職。

四人搭乘他駕駛的ＳＵＶ自動車，前往魔法人協進會總部的所在地，斯里蘭卡偏南端的都市迦勒。

私人噴射機先行回到日本。接機的事務員詫異心想「明明回國的時候也要搭乘，為什麼要刻意回日本一趟」，不過說明那是極音速機，單程飛行只要兩小時之後，他在吃驚的同時接受了。

簽署儀式預定在明天進行，達也等人被帶到迦勒市內的飯店。飯店外觀令人聯想到古典宮殿，客房設備雖然是最新規格，裝潢與擺飾的設計卻也統一採用復古形象。

準備的客房是相通的三個房間，一間雙人房與兩間單人房。雙人房是達也與深雪用的，兩人已經被當成夫妻看待。

深雪一副羞答答的模樣，不過達也就這麼接受錢德拉塞卡安排的客房分配。

達也他們一行人用完晚餐回到客房的途中，發現蕾娜正在辦理入住手續。

同行的是一男一女。男性是黑人，三十多歲，女性是白人，應該不到二十五歲。只不過實際年齡不一定和外表相符。蕾娜看起來依然只像是十六到十七歲。即使沒有她那麼極端，隨行人員比外表年長的可能性也很充分。

只要達也使用「精靈之眼」就能知道事實。但他不認為需要做到這種程度。比起年齡，他更在意另一件事。

（是相當高階的魔法師……即使是STARS的隊員也不奇怪。）

雖然只是遠遠看見辦理入住的樣子，但是不必以「精靈之眼」來「看」，也知道隨行的女性是強力魔法師。

莉娜對此也是相同意見。

「……她八成也是軍人。大概是新的STARS吧。」

莉娜在達也他們的房間喝著客房服務的雞尾酒，如此評論蕾娜的隨行人員。之所以說那名女性「也」是軍人，是因為她推測黑人男性應該也是退役軍人或傭兵。

「她有什麼和STARS共通的特徵嗎？」

「剛才只看了幾眼，不會知道得這麼詳細喔。」

對於達也的詢問，莉娜的回答聽起來像是不負責任又理直氣壯。

「我只是隱約覺得她散發的氣息和以前的同伴很像。」

然後她補充這一句。

◇　◇　◇

魔法人協進會與FEHR的簽署儀式順利結束，沒有什麼值得強調的重點。

在後續餐會上，蕾娜的隨行女性自稱是「伊芙琳・泰勒」，詢問是否可以前往絲路要衝——撒馬爾罕觀光。

錢德拉塞卡回以「您對絲路的歷史感興趣嗎？」這句問題，應該說是附和，伊芙琳隨即暢談關於絲路的各種知識。

大概是懾於這份魄力，錢德拉塞卡答應伊芙琳會幫忙安排觀光行程。

◇　◇　◇

簽署儀式當天，錢德拉塞卡也住在同一間飯店。

隔天，達也他們和蕾娜一行人一起受邀前往錢德拉塞卡位於海德拉巴的宅邸。是很適合稱為「宅邸」的寬敞住家。比四葉本家還大。

「初次見面。我是愛拉・克里希納・夏斯特里。」

未公開的戰略級魔法師愛拉在宅邸等待。達也已經見過她。在印度洋海面進行魔法人協進會的設立儀式時，愛拉以錢德拉塞卡護衛的身分隨行。

這句問候是對深雪與蕾娜說的。在這個時候，連旁人都看得出愛拉的注意力大多分配在蕾娜身上。

協進會與FEHR的合作協議書也有人材交流相關的準則。愛拉注意蕾娜的程度高於深雪，是因為得知自己將被派遣到FEHR總部所在的溫哥華——在這個時間點還是這麼預定的。

和愛拉見面之後，眾人一起享用費時準備的遲來午餐。用餐之後，一行人被帶進交誼廳接受茶水款待。不過只有達也被錢德拉塞卡帶進她的書房。

雖說是書房，卻是設置整套會客沙發組的寬敞房間。或許形容為私人會客室比較好。

「那麼，可以請您說明嗎？」

在會客沙發組面對面坐下，端茶進來的傭人離開之後，錢德拉塞卡以像是繼續剛才對話的語氣詢問達也。

達也沒反問要說明什麼事。

在直接見面的時候說明這次訪問ＩＰＵ的目的。達也沒忘記這個承諾。

「先前在ＵＳＮＡ挖掘到疑似是香巴拉地圖的遺物。」

「香巴拉？是『那個』香巴拉嗎？」

錢德拉塞卡反問時的聲音，即使說得保守一點，聽起來也像是半懷疑達也神智是否正常。

「是的。話是這麼說，但我不相信地底王國的傳說就是了。」

香巴拉傳說大多和「地底王國雅戈泰」的虛構故事一起流傳。

「不過地圖指示的地點，我認為是香巴拉遺跡的位置。」

「這個地點在我國？」

聽到是「遺跡」，錢德拉塞卡的表情變得願意好好聆聽說明。

「我們認為遺跡沉眠於烏茲別克的布哈拉附近。」

「……透露這麼多情報沒關係嗎？先生您想要香巴拉的遺產吧？」

「我不打算偷挖貴國的遺跡。但同時也不希望香巴拉遺跡的存在對外公開。」

「為什麼？」

「香巴拉遺跡可能埋藏著極度危險的遺物。」

「極度危險……但我覺得魔法性質的遺物依照使用方式應該都很危險。」

「我認為危險程度將會遠高於以往出土的遺物。」

「『遠高於』的意思是？」

「預料可能有匹敵甚至凌駕於戰略級魔法的風險。」

「到這種程度嗎……」

錢德拉塞卡露出「非常難以置信」的表情。但她立刻重整心情，以嚴肅眼神看向達也。

「……確實，關於香巴拉的傳說如果有一半是真的，就可能找得到能力匹敵戰略級魔法的魔法性質遺物。那麼先生，您打算怎麼處理這些危險的遺產？」

「如果可以利用在和平領域就會活用，如果做不到就進行研究，研發對抗的手段。」

達也對答如流。

「您沒想過就這麼埋著不管是吧。」

「如果是我找得到的東西，遲早會被別人找到。既然已經得知線索，我就不能視若無睹。」

「這樣啊……我理解您的想法了。」

達也這段話不是謊言，卻也不完全是真心話。真要說的話是之後才加上的解釋。

不過具備足夠的說服力能讓錢德拉塞卡信服。

「我這邊會試著思考怎麼安排先生您自由探索遺跡。在我做出結論之前，抱歉可以請您待在這裡嗎？」

「知道了。如果沒辦法成行，我會乖乖回國。」

達也的語氣與表情都和字面一樣，客氣到值得嘉許。

「不會讓您等太久的。」

但是錢德拉塞卡透露強烈的戒心，向達也保證會盡快答覆。

達也的回國宣言，她明顯沒有照單全收。

◇　◇　◇

和錢德拉塞卡談完事情之後，達也被帶進客房。這座宅邸光是客房就多到像是飯店。

不同於斯里蘭卡的飯店，這裡提供的房間是一人一間。話是這麼說，但達也被帶進的客房，內部分成臥室與起居室，也有淋浴空間。以比較好懂的單位來說，起居室是四坪大，臥室則是起居室的一半大。

達也坐在客房裡沒多久就有人敲門。不是因為直覺敏銳或是豎耳聽到腳步聲，是帶領達也進房的傭人受命前去請對方過來。

入內的是深雪與兵庫。

「莉娜說她要自己調查一些事情。」

達也在詢問之前，就從深雪口中得到想知道的答案。

「這樣啊。可以的話，我想要說明一次就好。」

「理奈大小姐那邊由屬下轉告。」

達也自言自語般抱怨，兵庫立刻做出反應。此外，莉娜歸化時的姓名是「東道理奈」，所以兵庫稱呼她「理奈大小姐」。

聽到兵庫願意代勞，達也回答「麻煩你了」，將視線移回深雪。

「順利獲得博士的協助了。」

然後立刻說明會談的結果。

「會向IPU政府隱瞞目的，就這麼讓我們尋找香巴拉遺跡嗎？」

「博士會幫忙想辦法。」

「博士是願意接下協進會代表一職的大人物，所以我一直認為她會提供助力，卻還是覺得有點意外。博士的影響力原來強到能讓外國人在IPU國內自由行動。」

「因為博士和IPU聯軍實質上的第一把交椅拉什・辛格將軍，建立了特別親密的關係。」

站著準備飲料的兵庫，將玻璃杯放在深雪面前如此說明。杯裡是低酒精濃度的雞尾酒。這間客房附設能製作雞尾酒的簡易廚房。

「『特別』嗎……」

深雪的低語聽起來有點害臊。

在達也面前擺放相同玻璃杯的兵庫，露出笑容轉身看向深雪。

「辛格將軍和錢德拉塞卡博士有血緣關係。不過以我們的感覺來看是非常遠房的親戚。將軍把博士當成近親般庇護。如果容許屬下稍微粗暴地簡單形容，兩人算是叔叔與姪女的關係。」

「啊，原來是這個意思……」

深雪鬆一口氣般放鬆表情。只是她的臉頰依然泛紅。

不難推測她是怎麼誤解的，不過達也與兵庫都沒壞心眼到說出口。

「不過兵庫先生，真虧你知道這件事。」

「是屬下任職於英國的『Unseen Arms』那時候，請教這個國家出身的傭兵得知的。」

「Unseen Arms」是擁有許多魔法師戰鬥員的民間軍事公司（ＰＭＳＣ）。兵庫成為達也的管家之前，為了學習軍事技能以及培養軍事相關的人脈，所以隸屬於這間ＰＭＳＣ。

「當時的這位前同袍，現在派駐在哈薩克。他還欠屬下一些人情，所以也可以為達也大人提供助力。」

「說得也是。如果陷入不測的事態，或許會請他幫忙。」

達也沒有冷淡拒絕兵庫的推舉。雖然說客套話的比例應該比較重，但是兵庫滿意般朝達也行禮致意。

◇◇◇

深雪與兵庫去找達也的不久之後，某個人影接近達也的房間。

當事人或許自以為是在走廊正常前進吧。

不過，達也一行人的客房和蕾娜一行人的客房不同棟。要裝成若無其事有點牽強。

「泰勒小姐？」

行為舉止有點可疑的伊芙琳，被人從身後叫住。

「——！」

伊芙琳連忙轉身。

位於她後方的人，是在抑制亮度的照明下依然亮麗閃耀的金髮美女。

向她搭話的是莉娜。

「您在這種地方做什麼？找我們有事嗎？」

「咦，不，並不是這樣……那個，記得您是希爾茲小姐吧？」

或許理所當然，不過伊芙琳內心慌張。

雖然將慌張壓抑到沒演變成恐慌，卻沒能完全藏在心底。

「是的。我重新自我介紹一次吧？」

「啊，不……」

「我是安潔莉娜．希爾茲。」

伊芙琳原本想說「不用了」，莉娜卻打斷她的話語自報姓名。

「我年紀應該比較小，請放輕鬆叫我『莉娜』就好。」

「——咦，啊，『莉娜』不就是……」

接著聽到「莉娜」這個暱稱之後，伊芙琳表情僵硬了。

「啊，果然嗎？還是應該說終於察覺了？」

戴著高雅淑女面具的莉娜，露出無懼一切的表情。

「泰勒小姐，妳是STARS吧？」

然後以斷定的語氣點明伊芙琳的真正身分。

「那麼妳果然是『安吉．希利鄔斯』……」

私下的「安吉．希利鄔斯」被稱為莉娜。即使在STARS之中，知道這件事的也只有隸屬於總部的恆星級隊員，以及像是「希兒薇雅．瑪裘利」這樣因為任務而得知真實身分的部分成員。

「既然妳知道這件事，那就確定了。」

莉娜露出得意表情一笑。

伊芙琳的呢喃肯定了莉娜的斷定。

「為什麼……妳會知道？難道是總司令……？」

總司令卡諾普斯和前天狼星交情親密，這在STARS內部不是什麼祕密。聽過資深隊員們說明的伊芙琳也知道這件事。藉由這份情報，伊芙琳懷疑卡諾普斯是否將她的事情洩漏給莉娜。

「我並不是從班那裡聽到妳的事情。」

但是莉娜明確否定這個疑惑。

聽起來不是謊言。

「只是隱約覺得妳可能是STARS的隊員。」

「這是怎樣……莫名其妙。」

「我也沒辦法說明。大概是在一樣的地方進行訓練，不知不覺就會留下類似的特徵吧。」

「…………」

雖然不想接受，卻覺得可以理解。

內心面臨這種糾葛，伊芙琳不知道該怎麼回應。

「所以，目的是什麼？來刺探達也的祕密嗎？但我不認為班會下達這種命令。」

莉娜趁著對方沉默的時候再三發問。

「不是。我沒接受這種命令。」

覺得被逼入困境的伊芙琳不禁老實回答。

「那妳為什麼在這裡？」

「——！」

「既然目的不是刺探，那妳是來調查有沒有機會妨礙任務嗎？」

正確答案被猜中，伊芙琳說不出話。

「……雖然我這麼說也不太對，但我認為妳不適合負責潛入任務。」

「只是還不熟練啦！」

伊芙琳不禁放聲這麼說，連忙以雙手摀住自己的嘴。

「——我有一個提案。要不要到我房間說？妳不想被達也他們聽到吧？」

莉娜以同情的眼神注視伊芙琳，提出這個點子。「不過應該來不及了。」她心想。

「……好吧。」

伊芙琳以語氣與表情表現出勉為其難的心態，接受莉娜的提議。

◇　◇　◇

晚餐過後，蕾娜與她的隨行人員立刻窩進自己的房間，交誼廳成為達也他們包場的狀態。

「莉娜，查到什麼了嗎？」

「沒轍。雖然已經查出伊芙琳・泰勒是還沒正式獲頒代號的STARS見習生，但她堅持不肯透露來到ＩＰＵ的目的。也不肯說撒馬爾罕是不是真正的目的地。」

莉娜聳肩擺出「舉手投降」的姿勢。

「真的打算前往撒馬爾罕是吧？」

「沒有親口證實既是了。」

即使放下雙手，莉娜依然掛著「舉手投降」的表情。

「如果只說我的印象，感覺她是『總之』去撒馬爾罕看看。」

「在這個時間點去撒馬爾罕嗎……」

達也的低語引得深雪突然睜大雙眼。

「達也大人，難道他們也……？」

「深雪，意思是……」

莉娜也慢深雪半拍瞪大雙眼。

「地圖的石板留在ＵＳＮＡ。如果認為沒人能解讀，那就太小看他們了。」

達也同時回答兩人的疑問。

「可是達也大人，他們沒有『指南針』。」

「相對的，或許掌握了我們沒有的資料。」

達也訓誡深雪的樂觀論點。

「光宣攝影的是ＦＡＩＲ總部的十五塊石板。『地圖之石板』還有一塊，也就是ＦＥＨＲ從ＦＡＩＲ那裡搶來的那一塊。」

「那塊石板也可能記載了決定性的情報吧……」

「達也，怎麼辦？」

相對於憂鬱思考的深雪，莉娜以咄咄逼人的氣勢詢問達也今後的方針。

「當前依照預定計畫進行。伊芙琳・泰勒會先去撒馬爾罕吧？她和我們的目的地不一樣，而且也沒還沒確定她的任務是發掘香巴拉。」

「達也大人，不用向博士報告這件事也沒關係嗎？」

深雪這句話純粹是擔心錢德拉塞卡可能被伊芙琳欺騙。

「這確實也是一個方法……」

不過達也檢討深雪這個建議時的表情，明顯稱不上是善意。

Road to Shambhala

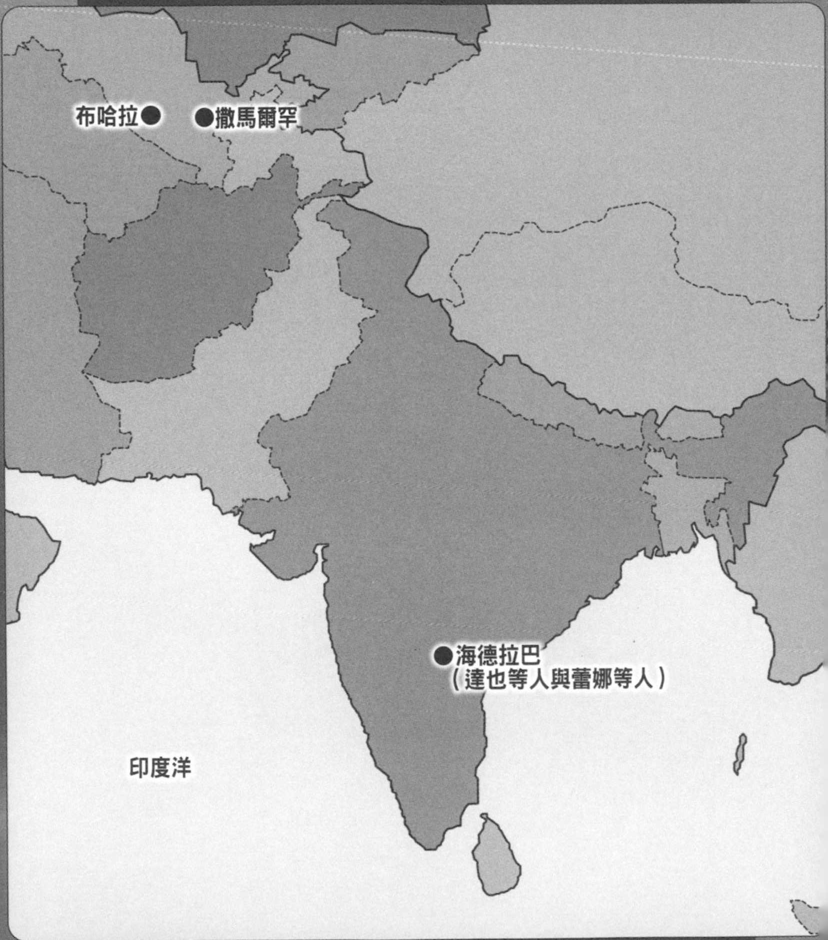

【4】心理戰

ＩＰＵ政府的情報機構，很快就得知達也等人滯留在海德拉巴。

這件事並不意外。達也一行人與蕾娜一行人都是按照正規程序入境，而且滯留地點是ＩＰＵ的ＶＩＰ——錢德拉塞卡的宅邸。如果情報機構當天沒發現反而奇怪。

隔天早上，達也在起床的同時察覺有「眼」在宅邸外面觀察他們。

「宅邸外面的人是博士的護衛嗎？」

在早餐席上，達也向錢德拉塞卡提出這個睜眼說瞎話的問題。

「宅邸外面嗎？」

錢德拉塞卡的反應看起來不是在裝傻。看來這次的監視沒經過她的許可。

「是的。好像是以知覺系魔法從宅邸外面觀察內部的狀況。」

對於達也指出這點，深雪與莉娜表現出「他當然會察覺有人監視」的態度。

兵庫在末席稍微揚起嘴角表達佩服之意。

蕾娜率直將驚訝寫在臉上。隨行的黑人男性路易・魯也一樣。

伊芙琳則是不知為何看起來不太甘心。

「——我沒聽說這種事。」錢德拉塞卡的聲音透露不悅的感覺。

「恕我失禮了。我會立刻要求停止。」

雖然無法證實她的憤怒不是演技，但是既然不再被人嚴加監視，這樣的結果對於達也來說就已經足夠。

◇◇◇

今天預定在錢德拉塞卡的帶領之下觀摩海德拉巴大學。IPU的魔法研究據點集中在前印度與前伊朗，兩個國家（再次說明，IPU是聯邦制）分別有六個據點。這所大學是其中之一。

探索遺跡的計畫還沒安排妥當。完成準備之前不能離開這裡，而且說起來，入境IPU的表面理由就是觀摩海德拉巴大學的魔法研究。雖然從原本的目的來看是浪費時間，卻沒有「不去」的選項。而且達也身為魔法研究者也對此感興趣。

參加觀摩的成員除了達也還有深雪、蕾娜以及路易・魯。伊芙琳決定不參加，莉娜也為了牽制她而留在宅邸。

兵庫說要以他自己的門路確認烏茲別克那邊的狀況。看來是打算獨自外出，不過兵庫不只是擁有民間軍事公司的資歷，在四葉家也受過訓練，達也判斷他獨自行動也沒問題。

達也在大學受到非常熱烈的歡迎。不過教師與學生的熱情焦點不同。

教師的興趣集中在人造聖遺物。向達也提出的問題也大多關於聖遺物的複製，很少提出關於恆星爐系統的問題。

學生對於達也接連打敗IPU以外的大國抱持強烈的好感。要怎麼做才能學會「質量爆散」這樣的魔法？問這個問題的學生不只一兩人。此外，經營恆星爐的恆星創能公司是否也會錄取外國人，或是恆星創能是否會設立國外分公司，這些問題也散見於各處。

以錢德拉塞卡的名義邀請應該也造成影響吧。達也這次訪問海德拉巴大學，自始至終大致維持歡迎的氣氛。

達也即將離開大學的時候發生了一件意外——或者應該說是驚喜。

「——將軍閣下找我？」

拉什・辛格中將說想見達也一面。

原本以為是錢德拉塞卡安排的，但她表示不知情。無論真相如何，聯邦軍的最高掌權者專程來到觀摩地點會面。達也沒有拒絕的選項。達也因為要讓錢德拉塞卡與蕾娜等他而向兩人道歉，帶著深雪前去和拉什・辛格面談。

面談在大學裡一處像是宮殿交誼廳般豪華的會客室進行。達也與深雪依序自我介紹之後，達也詢問辛格本次面談的目的。

「是來見你的。如此而已。」

「——這是我的榮幸。」

猜不出辛格的真正意圖，達也以不慍不火的反應掩飾。

不巧的是他似乎沒有完全藏起內心的困惑。

「意外嗎？我認為沒什麼好詫異的。」

「不，印度波斯聯邦軍副司令兼印度共和國軍總司令官的將軍閣下，居然專程來見一名無官無職的平民，老實說出乎我的意料。」

拉什・辛格愉快般出聲笑了。他的實際年齡是六十五歲左右，眉毛是雪白的（因為剃光頭所以沒有白髮），但是除此之外看起來年輕十歲以上。

「……不，我失禮了。不過，無官無職嗎……你真的認為這種頭銜會左右自己的價值？」

「…………」

「這是不可能的。你肯定理解自己的價值。身為掌管軍事的人，身為參與國防的人，現在這個世界沒人能無視於你的價值。即使現在在這裡的不是我而是聯邦總統，也一點都不奇怪。」

「您過獎了。」

達也就這麼坐著簡單行禮致意。一旁的深雪也默默照做。

達也收起表情，但深雪滿意般暗自微笑。拉什·辛格的話語令她引以為傲。

「好啦，所以我的目的已經達成了，不過這樣就結束實在過於武斷。司波先生，你這邊有什麼想說的嗎？我可以在某種程度上給你一個方便。」

「雖然不是請求，不過其實如果有機會見到閣下，我受託幫忙傳話給您。」

「那就告訴我吧。」

「日本國防軍參謀總部長明山託我轉達以下訊息。『今後的事情我想直接和您談』。」

原本帶著笑意的辛格雙眼，突然隱含犀利的光芒。

「司波先生。你是可以從明山先生那裡直接接受這種委託的交情嗎？」

「不。這個委託是經由國防軍內部值得信賴的朋友交給我的。」

「……這樣啊。那麼請幫我傳話給這位朋友說『樂意之至』。」

「知道了。」

後來加入深雪愉快閒聊約十五分鐘之後，達也結束和拉什·辛格的這場面談。

◇　◇　◇

從大學回到錢德拉塞卡宅邸的時候，兵庫依然還沒回來。

距離晚餐還有一點時間。深雪在達也客房的簡易廚房泡兩人分的印度香料奶茶。

「達也大人。不請將軍閣下協助沒關係嗎？」

深雪將茶杯放在桌上，坐在達也身旁，說出從剛才就在意的這個問題。

「我沒這個打算。要是拜託辛格閣下協助，順利找到遺物的時候也得告訴他才行。」

達也在回答的同時蹙眉。

「魔法性質遺物被利用在軍事的可能性，我想要儘可能壓低。之所以拜託錢德拉塞卡博士協助也是情非得已。其實我想避免這麼做。」

「這樣啊。所以達也大人認為遺跡埋藏著這麼危險的物品吧。」

「我希望自己猜錯就是了……」

面對就這麼深鎖眉頭低語的達也，深雪說不出安慰的話語。

◇　◇　◇

不過事態以達也料想不到的形式發展。

八月六日，星期五。達也等人觀摩海德拉巴大學的隔天早上。

「烏茲別克與哈薩克國境出現緊張狀態。要去烏茲別克請稍等一段時間。」

達也一行人與蕾娜一行人，所有人到齊的早餐席上，錢德拉塞卡突然這麼告知。表情怎麼看都不像是開玩笑。

「訪問撒馬爾罕的行程會受到影響嗎？」

伊芙琳率先起反應。

「緊張狀態發生在撒馬爾罕東北的艾達爾湖東岸附近。雖說距離約兩百公里遠，卻無法否定會造成影響。」

「這樣啊……」

伊芙琳安分退下，不過低頭的她依然掛著像是咬牙切齒的表情。

「但我記得貴國和哈薩克維持友好關係。」

接下來提出疑問的是達也。

「是的，至少不是敵對關係。事情這麼突然，我們也嚇了一跳。」

聽完錢德拉塞卡的回答而蹙眉的不只達也一人。

「沒有明顯的徵兆嗎？」

達也再度詢問。

「是的。目前正在確認狀況與隱情。」

錢德拉塞卡以為難表情回答達也的問題。

◇◇◇

雖說海德拉巴已經過了最炎熱的季節，卻還是高溫潮溼。今天也是從早上就在下雨。

錢德拉塞卡前往大學工作，也無法討論今後的行程。吃完早餐之後，達也一行人與蕾娜一行人都窩進自己的房間。

話是這麼說，卻不是每個人各自打發時間。

「偶爾有這種悠閒的時間也不錯。」

在達也面前放上咖啡杯的深雪以笑容搭話。杯裡是以魔法冷卻的冰咖啡。她一開始是挑戰印第安咖啡，但是沖泡得不太順手，所以改泡普通的咖啡。

「達也、深雪，我拿來了。」

在門外這麼說完不等回應就入內的是莉娜。她單手捧著裝滿茶點的金屬大盤子。

「……妳拿了好多過來耶。」

深雪不是以傻眼的聲音，而是以百分百吃驚的聲音說出感想。

「這不是我害的。我只是要求說想要茶點，結果就準備了這麼多給我。」

莉娜不慌不忙主張自己的清白。

「這是這個國家款待客人時的文化嗎……」

深雪輕聲說出充滿困惑的話語。

在這個時間點，深雪的聲音還沒有責備的音調。

「……話說回來，看起來熱量好高。」

不過達也輕聲說出的評語，引得深雪以犀利眼神看向莉娜。

擺在大盤子上的是壓製成小塊的哈爾瓦酥糖（粗小麥粉加入蔬果與芝麻再以油與砂糖熬煮而成）、蜜炸奶球（炸成深色再淋滿糖漿的甜甜圈）、椰奶糕（加入椰子或堅果等材料捏成的牛奶糕點）、孟加拉奶點（乳脂加入砂糖與荳蔻粉揉製的小圓球）、堅果糖（焦糖醬加入堅果、乾燥水果或是芝麻凝固而成）等各種印度糕點。值得強調的特徵就是都很甜。甜到不是「偏甜」而是可以斷言「很甜」。

「沒……沒問題的。因為不用吃完也沒關係。」

深雪視線的意思無從誤解，所以莉娜露出隨時會流下冷汗的表情出言辯解。

深雪與莉娜一邊喝咖啡，一邊隔著熱量毫不節制的甜點相互牽制時，兵庫回來了。聽過錢德

拉塞卡的說明之後，他直到剛才都去找傭兵同伴詢問狀況。

「達也大人，哈薩克正在動員的消息是事實。」

兵庫以這句話為開場白，向達也報告打聽的成果。

「知道原因了嗎？」

「似乎是哈薩克的國境警備隊遭到烏茲別克方向的槍擊而採取警戒行動。」

兵庫回答的時候話中有話，使得達也蹙眉。

「有查出是誰開的槍嗎？」

聽到達也這麼問，莉娜張嘴露出「啊」的表情。

「還沒。甚至不確定開槍的是不是烏茲別克的人。」

「是誘使ＩＰＵ與哈薩克開戰的軍事小動作吧！」

莉娜像是彈起來般起身大喊。

「犯人是大亞聯盟的特務對吧！」

莉娜充滿自信斷言。

達也與兵庫一齊稍微苦笑。

「莉娜，我們剛剛才聽他說還沒查出犯人吧？」

「正是如此。不過，哈薩克軍好像也和理奈大小姐抱持相同的質疑。」

兵庫認同達也的話語，也幫莉娜緩頰。

「那麼，哈薩克沒有繼續進軍的意願嗎？」

至今若有所思聆聽對話的深雪，以確認般的語氣詢問兵庫。

「應該正如深雪大人所說。屬下在哈薩克的老朋友也是這麼認為。」

深雪按著胸口輕輕嘆氣。但她看見達也面有難色，再度感到不安。

「達也大人……您認為會爆發衝突嗎？」

「嗯？不，既然哈薩克已經有這種認知，兩國之間應該不會挑起戰端吧。」

聽到深雪輕聲發問，陷入自身思緒的達也回到這段對話。

「我在思考的問題是，大亞聯盟為什麼在這個時間點暗中搞鬼。」

「您在擔憂什麼事情嗎？」

「並不是擔憂……但我在意導火線可能是光宣在西藏引起的騷動。」

光宣在西藏拉薩被疑似是「八仙」的道士追捕，這個情報已經分享給深雪等人。

「意思是光宣的獨斷專行，害得我們沒辦法去找遺跡？」

莉娜說出不滿。

「不，這妳就錯了，莉娜。」

達也露出壞心眼的笑容搖頭。

「關於遺跡，這樣反倒比較好辦事。」

「什麼意思……？」

不只是莉娜，深雪與兵庫也都露出無法理解的表情。

「依照光宣確認的結果，西藏的拉薩埋藏著魔法遺物。就把ＩＰＵ的注意力引導過去，別讓他們察覺到烏茲別克的香巴拉遺跡吧。」

莉娜與深雪依然稍微歪過腦袋。

只有兵庫露出理解的微笑。

◇　◇　◇

「博士，我們獨自調查之後明白了一件事……」

達也在晚餐席上說出這句話。

深雪與莉娜同時表現出意外感。

不只是深雪等人，蕾娜一行人也同席享用晚餐。

「拉薩好像埋藏大量的聖遺物，或者是更加珍貴的寶物。」

「西藏的拉薩嗎？我確實從以前就聽過這種傳聞……」

錢德拉塞卡以試探般的眼神看向達也。

伊芙琳以目不轉睛的視線注視達也。

「看來不是單純的傳聞。如果西藏基於真正的意義是獨立國家，應該也能接受貴國的援助挖掘聖遺物吧。我對此深感遺憾。」

達也不改正經八百的表情。在這種場合，這個態度反而可疑。

「……先生您希望我國取得拉薩的聖遺物嗎？」

「因為落入大亞聯盟手中的聖遺物，應該不會供給我們研究。」

「……確實沒錯。」

錢德拉塞卡停止用餐之後思索。

達也不再說話，繼續用餐。

深雪、莉娜與兵庫也跟著這麼做。

蕾娜在氣氛變得奇妙的餐桌不知所措，伊芙琳雙眼明顯發出光芒。

◇　◇　◇

用餐之後，錢德拉塞卡打電話給目前被派遣到烏茲別克南部都市卡爾希的拉什·辛格。

他之所以進駐烏茲別克，當然是為國境的緊張狀態做準備。不過烏茲別克的軍事不屬於前印度派系的勢力範圍。現在是前伊朗派系的將官被派遣到國境附近的基地，辛格在距離國境比較遠的位置待命。

進行簡單的問候之後，錢德拉塞卡將達也提供的情報轉達給拉什・辛格。

『——這個情報可以相信到什麼程度？』

「可信度應該很高。」

錢德拉塞卡毫不猶豫回答辛格的問題。

『那麼他說想要研究出土的聖遺物，這個動機也是發自真心嗎？』

「應該不只如此吧。司波先生不是這麼單純的人物。」

『我想也是。』

辛格在視訊電話的畫面裡點頭。

『打算以西藏為舞台，讓我們和大亞聯盟互咬嗎？』

這次錢德拉塞卡同意辛格的這段話。

『——這不是很有趣嗎？』

不過接下來這句話嚇到錢德拉塞卡。

「有趣……是嗎？」

『嗯。有趣。我就奉陪吧。』

「意思是要介入西藏？」

『可惡的大亞聯盟，在烏茲別克的所做所為真的把我們看扁了。』

辛格將軍這句話顯示他確定「這次朝哈薩克國境警備隊開槍是大亞聯盟在搞鬼」。

『——我正在想一定要給他們顏色瞧瞧。』

聽到這裡，錢德拉塞卡露出苦笑，心想「明明已經六十多歲了，卻還是一樣血氣方剛」但沒有說出口。要是對這位老將軍說這種話，結果只會煽風點火。她非常清楚這一點。

『而且西藏中立也符合我國的利益。我從以前就覺得差不多該正式介入了。該處埋藏大量聖遺物的情報，是鞭策那些牆頭草主義者的好藉口。』

「這樣啊……我是學者，所以不會出言干涉軍事上的決定。」

『這我知道。艾莎，我不會做出必須讓妳負責任的事。』

拉什・辛格基於長輩的親切心態，以名字稱呼錢德拉塞卡。錢德拉塞卡稱呼他「閣下」。

「別這麼說……」

此時，錢德拉塞卡忽然想到一個點子。

「閣下您會在卡爾希停留多久？」

『應該暫時無法調動吧。』

「那我帶司波先生過去您那裡，要不要直接聽他怎麼說？」

『嗯，說得也是……如果司波先生方便，就幫我這麼安排吧。』

「知道了。我確認他何時方便之後再打電話給您。」

結束通話的錢德拉塞卡腦中，迅速建構出先前和達也說好協助挖掘遺跡的計畫。

◇◇◇

這個世紀，世界還沒寒冷化之前，海德拉巴有許多美國大企業前來擴展市場。其中的部分企業至今依然沒有在地化，以美國籍的企業身分活動。雖然被認定是USNA的特務據點而受到監視，不過從人才僱用的觀點沒受到活動限制。

伊芙琳在用完晚餐之後溜出宅邸，潛入某間這種類型的企業。如前面所述，美國籍的企業受到監視。不過伊芙琳是保證會成為STARS一等星的魔法師。對她來說，要瞞過監視眼線不是什麼難事。

這棟辦公大樓正如IPU當局的猜測，是USNA的特務據點。伊芙琳知道這一點才會冒著風險來到這裡。

她需要的是能連絡本國的祕密線路。

伊芙琳請派駐的人員協助向STARS總部通訊。

『什麼事，伊芙琳少尉。是緊急事態嗎？』

這是純語音通訊，所以看不見卡諾普斯的臉，只能以語氣判斷對方的心情。發問的語氣像是在責問，伊芙琳判斷「長官正在責備我」，也想得到是什麼原因。在這次的任務沒要使用這個據點。長官指示只能在緊急事態動用這條線路——不過伊芙琳覺得被責問是她自己的誤解，卡諾普斯其實只是在擔心她。

「上校閣下，抱歉打擾您。屬下判斷有一個情報應該緊急回報。」

『說吧。』

聽到卡諾普斯立刻回應，伊芙琳覺得這是大好機會，報告自己聽達也說明的拉薩聖遺物相關情報。

『——知道了。這件事會和參謀總部討論。貴官專心進行現在的任務。』

「上校閣下。IPU與哈薩克進入緊張狀態，現狀很難入境烏茲別克。把目標變更為西藏的聖遺物是否比較好？」

伊芙琳間接表示自己想潛入西藏。

『這邊知道哈薩克的動向，但也知道要在西藏進行作戰行動更為困難。』

然而卡諾普斯的回應很冷淡。

『不用擔心，哈薩克不會採取軍事行動。就這麼待命行事。』

「——遵命。」

哈薩克為什麼不會行動？有什麼證據嗎？伊芙琳很好奇。不過要是這麼問，長官可能會認為這是踰矩的行為。

伊芙琳識相將疑問吞回肚子裡。

◇　◇　◇

晚餐過後，深雪被莉娜拉著要求陪她聊天。莉娜偶爾也想要無視於是否打擾達也與深雪，盡情任性閒聊藉以解悶。深雪理解這一點，所以順從莉娜和她作伴。

基於這個隱情，達也難得一個人放輕鬆。平常周圍都有人想照顧他，所以幾乎不必自己準備食物或飲料，但他並不是不會準備。他現在自己泡了咖啡悠閒打發時間。

一邊喝咖啡一邊閱讀的時候，達也忽然覺得好像有人在叫他。

達也不認為是自己多心。因為他心裡對這種感覺有底。某人試著以精神干涉系魔法作用於他的意識。但這不是攻擊性的行為，沒對他抱持惡意。

達也不是接納這個魔法，而是阻絕魔法的影響，就這麼尋找術士。他立刻知道對方的真實身分，對方也沒要隱瞞。

達也闔上書本，喝完咖啡，走向交誼廳。

在那裡等待的是青少女外貌的三十歲女性。

是蕾娜。

她一看見達也就立刻起身，說著「抱歉找您過來」低頭致意。

「沒關係，請坐。所以，請問有什麼事？」

達也坐在蕾娜的正對面詢問。

「有一件事想告訴先生您……」

從表情與語氣來看，蕾娜似乎相當難以啟齒。

「發生了什麼問題嗎？」

「沒有。不是要找您商量煩惱……應該說是坦白嗎……」

「是隱瞞了什麼事嗎？這件事和這邊有關係？」

「我不知道是否和先生您有關。」

「如果不會對我們造成危害，您不必勉強自己說出來也沒關係。」

達也給了這個台階下，蕾娜掛著心事重重的表情搖了搖頭。

「——我還是覺得不應該隱瞞。」

蕾娜以堅定的聲音自斷退路。

「這樣嗎？那我洗耳恭聽。」

「和我同行的泰勒小姐是聯邦軍的軍官。」

「不是退役軍官，是現役軍官？」

達也以故做正經的表情，假惺惺回以這個問題。

「是的。而且她想前往撒馬爾罕的目的不是觀光，是為了任務。」

「USNA軍的任務嗎？那我更覺得我不要知道會比較好。」

「不，請聽我說。」

對於達也冷淡的回應，蕾娜有點搶話般以慌張語氣這麼說。

「泰勒小姐的任務，和沙斯塔山出土的石板有關係。」

「黑色石板嗎？」

達也依然繼續以正經表情假惺惺發問。

「不，是白色石板。在那之後出土的十六塊石板是地圖。」

「其他石板也記載了聖遺物的埋藏場所嗎？」

「雖然有點難以置信，不過依照解讀的聯邦軍所說，是指示香巴拉所在地的地圖。」

「喔……香巴拉在撒馬爾罕？」

達也輕聲發出的感嘆不是演技。雖說早已預料，但他覺得USNA只靠石板就查出所在地的實力果然不容小覷。

「聽說位於從撒馬爾罕到布哈拉的地域。」

「所以泰勒小姐才會堅持前往撒馬爾罕一趟吧。」

達也一邊這麼問，一邊冒出「看來即使是美軍，沒使用『指南針』想查明所在地還是有其極限……」這個想法。

「這次的簽署儀式，對於泰勒小姐的任務來說正好方便行事。」

蕾娜完全不在意達也腦中在想什麼，繼續說下去。

「以結果來說利用了先生您，我感到過意不去。」

「不。」

蕾娜想要低頭時，達也以手勢阻止。

「我也因而沒被起疑，來到這個國家辦了一些事。要說利用的話是彼此彼此。」

「請問究竟是……？」

蕾娜原本維持上半身正要前傾的姿勢，如今挺直身體低調發問。

「很幸運可以見到將軍閣下。我只能透露到這裡，不能繼續說更多。」

「……這樣啊。」

蕾娜聽完之後似乎暫且接受了。

她看起來沒有察覺達也等人的真正目的。

◇◇◇

隔天用完早餐之後，達也被叫進錢德拉塞卡的書房。由於不必單獨赴約，所以他帶著深雪與莉娜一起前往書房。

錢德拉塞卡在書房提出一個方案。先以「向拉什・辛格說明西藏聖遺物的情報」為名義飛往烏茲別克的卡爾希・哈納巴德空軍基地，然後在基地悄悄走陸路進入布哈拉。

「車子由這邊準備。西部沒有移動限制，所以只要在深夜出發，肯定可以神不知鬼不覺前往布哈拉。」

「——謝謝您。」

達也簡短考慮之後，決定接受這個提案。

Road to Shambhala

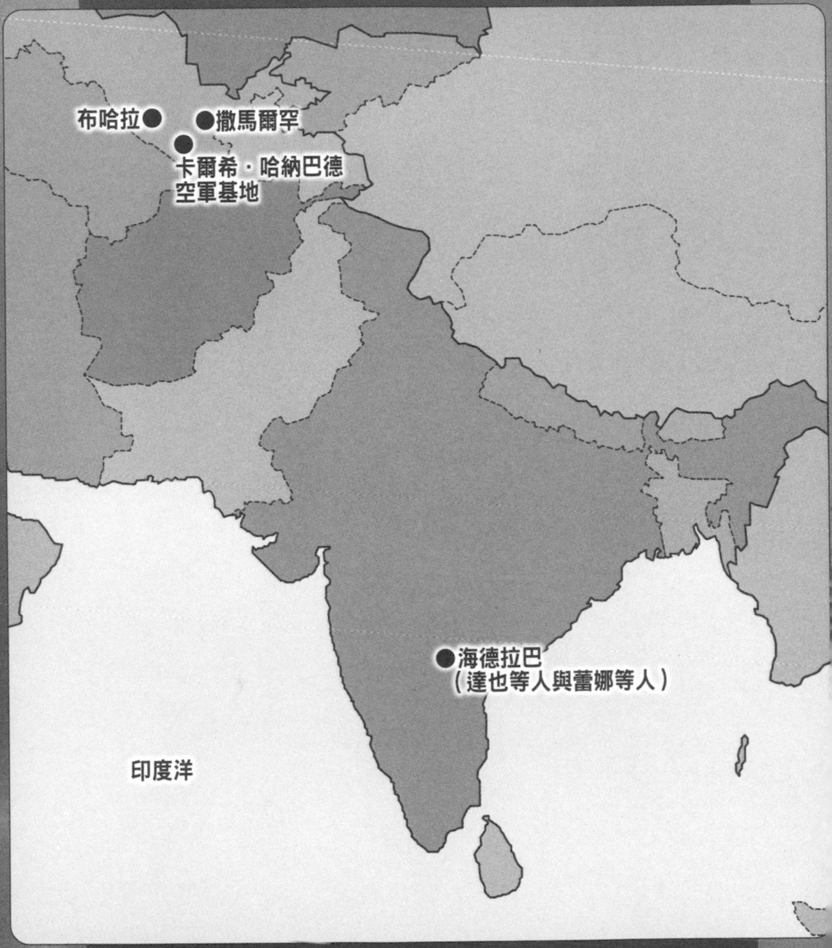

The irregular at magic high school Magian Company

【5】潛入

「狀況確認了。看來只要不接近與哈薩克交界的國境就沒問題。」

八月七日。錢德拉塞卡在早餐席上這麼告知。感覺這句話完全是對伊芙琳說的。

「那麼可以去撒馬爾罕了吧？」

正如同席的眾人猜測，伊芙琳率先反應。

「是的。不過，請讓我派嚮導陪同。」

「軍方的人要同行嗎……？」

問這個問題的是蕾娜。

「我會派愛拉。她在軍中接受訓練，但不是軍人。」

「夏斯特里小姐不是博士的護衛嗎？」

如此發問的伊芙琳沒藏起戒心。旁觀這一幕的達也心想「她比一高時代的莉娜還不成熟」有點傻眼。

「愛拉是我的學生。正式的護衛另有他人。」

「是這樣嗎？」

伊芙琳連忙環視周圍。大概在找「正式的護衛」吧。

「請不用擔心。我讓護衛在門外待命。」

伊芙琳露出尷尬表情停止張望。

傳來一個像是被蒙住的聲音。轉頭一看，莉娜摀著嘴。大概是忍著不笑出來卻發出聲音吧。

伊芙琳用力瞪向莉娜。

莉娜面不改色。

雖然沒問莉娜是以什麼方法試探伊芙琳，不過就達也看來，兩人之間有著情感上的反目。不知道是個性不合還是同類相斥。

該不會在這種地方產生新的遺恨吧？達也有點擔心。

「最快可以訂到明天的班機，您意下如何？」

錢德拉塞卡詢問蕾娜。

「麻煩就這麼辦！」

然而間不容髮這麼回答的人，是至今都一直瞪著莉娜的伊芙琳。

她看起來像是害怕計畫延後般慌張。

◇◇◇

早餐過後，愛拉迅速造訪蕾娜的房間。

「請多指教。請叫我愛拉。」

「這邊才要請您多多指教。」

蕾娜表面上是十六到十七歲，實際年齡卻是三十歲，比二十八歲的愛拉年長。蕾娜沒表現出特別緊張的舉止，掛著令人感到包容力的微笑要和愛拉握手。

蕾娜臉上的聖女微笑，令愛拉不禁看得入神。

「──？」

蕾娜稍微歪過腦袋。

愛拉頓時回神，連忙握住蕾娜的右手。

「……請問我該怎麼稱呼費爾小姐？」

然後她這麼問。

「我嗎？請叫我──」

她正準備回答「請叫我蕾娜就好」，卻在這時候響起敲門聲。

「Milady，現在方便進去嗎？」

然後門外傳來路易・魯的聲音。

「不好意思，請再等一下。」

蕾娜鬆開手，回應門外的路易。

即使放聲大喊，蕾娜的聲音也很悅耳。不是如同水晶鈴的清亮聲音，是如同木管樂器的柔和聲音。

「恕我失禮了——怎麼了？」

蕾娜將視線移回愛拉，發現她露出某種像是認同的表情。

「原來如此，Milady啊。我也這麼稱呼吧？」

愛拉頻頻點頭之後，如此回應蕾娜的疑問。

「請叫我蕾娜！」

蕾娜像是少女般輕輕搖頭，向愛拉這麼要求。

◇　◇　◇

隔天，加入愛拉的蕾娜一行人，在上午出發前往撒馬爾罕。伊芙琳明顯鼓足幹勁，興奮到即使觀光只是表面上的目的也足以令人相信。

他們一大早就離開宅邸前往海德拉巴國際機場。達也等人目送他們之後，隨即匆忙開始打包行李。裝箱的不只是帶來這裡的物品，還有兵庫在海德拉巴瞞著蕾娜他們購齊的旅行用品。

錢德拉塞卡為了蕾娜……應該說為了伊芙琳而安排撒馬爾罕的機票時，也暗中準備將達也送往布哈拉。

雖然前往烏茲別克的時候和蕾娜他們一樣走空路，但是達也一行人首先前往的不是民用機使用的海德拉巴國際機場，而是軍用機使用的彼岡沛機場。並不是為了避免撞見蕾娜等人——撞見伊芙琳的貼心安排，單純因為目的地是空軍基地。

「不好意思，如果我也同行就好了……」

「不，這樣足夠了。感謝您至今給我們這麼多的方便。」

達也朝著特地來到門外目送的錢德拉塞卡道謝之後，離開她的宅邸。

載著達也等人的運輸機，在當天傍晚抵達卡爾希．哈納巴德空軍基地。雖說是運輸機，卻是高級軍官用的小型機，甚至比上個月在ＵＳＮＡ搭乘的機種還要舒適。

抵達之後，達也等人被帶領到跟基地有點距離的飯店。雖然對方像是辯解般說明基地附近恐怕會被軍事攻擊殃及，不過明顯聽得出真心話是不想將局外人留在基地裡。

只不過，達也一行人不會因為這件事而壞了心情。

因為都認知到這是理所當然的事。

何況，如果外國人待在基地裡或是基地旁邊依然能維持平常心才奇怪。即使是國家ＶＩＰ錢德拉塞卡的介紹，達也是外國戰鬥魔法師的事實還是沒變。對方當然會提高警覺。

而且對於達也他們來說，飯店遠離基地也比較方便行事。說起來，安排這間飯店的並非辛格將軍的部下，是錢德拉塞卡。前來觀光的外國富裕階層人士也經常利用這間高級飯店，實際上除了達也等人，今天也有好幾名這樣的外國觀光客入住。目前看來，軍方或警方的監視有所節制。

此外，達也他們並沒有受到軍方冷眼相待。辦完入住手續的一小時後，他們受邀共進晚餐。場所是基地附近的餐廳。作東的是拉什・辛格將軍。

達也與兵庫穿上黑色西裝打領帶，深雪與莉娜換上錢德拉塞卡贈送的沙麗克米茲（寬鬆上衣搭配寬管褲的女用民族服飾）赴約。此外她們沒披上杜帕達（長圍巾）。

另一方面，拉什・辛格身穿ＩＰＵ聯邦軍的軍服。隨行人員也都穿軍服，是隨時可以出動的狀態。桌上看不見酒類也是在為出動做準備吧。因為烏茲別克關於飲酒的戒律，依照傳統肯定沒有那麼嚴格。

晚餐席上沒聊到西藏。話題幾乎都是ＩＰＵ國內最近的事件，以及對於前伊朗軍閥的抱怨。此外關於三年前在巳燒島爆發的那場戰鬥，達也被問了幾個問題。

在巳燒島的那場戰鬥，原本不適合當成晚宴助興的話題。但是達也大方述說自己的戰功。當然沒說明那時候使用的魔法細節。他說的主要是關於飛行戰鬥服的使用方法。飛行戰鬥服在城鎮戰會成為多麼有用的戰鬥工具，達也加入自己的親身體驗詳細說明，辛格將軍與他的部下們被激發出強烈的興趣。

和拉什・辛格的第二次接觸以和善的氣氛結束，眾人訂下明天的面會行程之後結束晚餐。

◇◇◇

在撒馬爾罕的飯店辦完入住手續之後，伊芙琳立刻開始和蕾娜分開行動。

任性或是無情之類的批判應該不適用吧。她擔任蕾娜的隨行人員，原本就是為了入境ＩＰＵ的偽裝。她肩負的任務是要找到香巴拉的遺物帶回去。

而且她也有同情的餘地。伊芙琳被莉娜揭穿真實身分，從達也那裡聽到「獨家消息」意氣風發回報長官的時候又遭到冷處理，這三天累積不少壓力。

一直走在菁英之路，不知挫折為何物的伊芙琳，現在是心理出現異常也不奇怪的狀況——但這始終是對她個人而言。

伊芙琳恐怕……應該說肯定正在著急。她天黑之後還是沒回飯店。蕾娜因而無法和伊芙琳討論今後的方針。

站在蕾娜的立場，在ＦＡＩＲ領袖還沒落網的這個狀況，她不太想離開溫哥華總部太久。但是也不能只有他們自己回國。

（如果泰勒少尉肯說「可以回去了」放我們走……）

（這樣她也比較能自由行動，對於彼此來說都是最好的吧……）

「蕾娜。看妳好像有什麼煩惱，是在擔心泰勒小姐嗎？」

大概是這個想法化為不耐煩的心情寫在臉上，愛拉以關懷的語氣問。

蕾娜知道愛拉在擔心，卻不能說實話。錢德拉塞卡只說愛拉「曾經在軍中接受訓練」，但她恐怕是ＩＰＵ的軍人。蕾娜不可能坦承自己協助ＵＳＮＡ軍的魔法師軍官非法入境。

「嗯，總之，有點擔心……」

蕾娜裝出笑容敷衍回答愛拉的問題。

不知道是怎麼解釋這個反應，愛拉更明顯露出擔憂對方的表情。

「……蕾娜。我認為不必擔心泰勒小姐。她……雖然不知道是不是正式的軍人，卻是接受正規軍事訓練的戰鬥魔法師吧？」

就愛拉來看，伊芙琳即使除去年輕這個原因也過於冒失，所以才會判斷「不知道是不是正式的軍人」，就算如此，愛拉還是一眼就看出伊芙琳是強力的戰鬥魔法師。

「如果有魔法師表示想成為我的同伴，我不會過問對方的職業與經歷……但如果是正在胡作非為的罪犯，我終究會拒絕。」

愛拉以「伊芙琳是戰鬥魔法師嗎」的問句形式進行確認，蕾娜對此露出雕塑般的笑容，以平緩又清晰的發音如此回答。

老實說，蕾娜在笑容背後慌張得不得了，因此笑容變得缺乏表情，結果「親切的笑容」變成了「雕塑般的笑容」。

此外，蕾娜因為慌張而過度注意語氣不能亂了節奏，結果說得冷靜又果斷到不必要的程度。

——在愛拉眼中，這是展現出為了「保護魔法師人權」這個理念而犧牲奉獻的堅定意志。

坦白說，這是誤解。

不過這時候的愛拉，沒有主動訂正這個誤解的動機與洞察力。

◇◇◇

大戰之前稱為中美洲的ＵＳＮＡ東墨西哥州（特萬特佩克地峽到猶加敦半島的地域）差不多將進入午餐時間。從加利福尼亞州列治文市出航的小型貨船上也發放午餐給船員與乘客。

明明是貨船卻有乘客的原因，在於這名女性是偷渡客。ＦＡＩＲ的副領袖蘿拉・西蒙在大亞聯軍魔法師特務部隊「八仙」之一的「呂洞賓」安排之下，沿著大陸西岸南下來到這裡。

領袖洛基・狄恩就這麼躲在列治文市的祕密居所。潛伏所需的資金已經透過呂洞賓由大亞聯盟提供。正如「有錢能使鬼推磨」這句諺語所說，只有有充足的資金，大部分的事情都能解決。在市民權利備受保護的社會尤其如此。

蘿拉之所以搭船，是因為受到通緝而難以利用飛機移動。即使以「八仙」的能耐，也很難在不引發騷動的狀況下讓通緝犯搭飛機出國。

蘿拉預定就這麼穿越特萬特佩克運河（所謂的「第二巴拿馬運河」不是在尼加拉瓜，而是在特萬特佩克地峽挖通）抵達墨西哥灣，然後前往加勒比海。

目的地是以前的委內瑞拉，位於加勒比海沿岸的邁克蒂亞機場，大戰前的正式名稱是西蒙・玻利瓦爾國際機場。

前委內瑞拉首都加拉加斯往北方靠海的這一帶，治理的地方政府受到大亞聯盟的影響。始終只是「受到影響」，所以不可能派駐軍隊或部署飛彈。這麼做的話ＵＳＮＡ不會坐視。

不過這裡是沒被ＵＳＮＡ政府干涉的土地。如果在邁克蒂亞機場就可以讓蘿拉搭乘飛機。

首先前往新加坡，然後在那裡使用偽造的護照入境日本。這就是和蘿拉同行的呂洞賓所擬定的計畫。

◇◇◇

八月九日上午。達也接受拉什・辛格將軍的邀請，再度造訪卡爾希・哈納巴德空軍基地。同行的只有兵庫一人。深雪與莉娜在飯店留守。

「——我們的協助者在拉薩觀光時，感應到布達拉宮座落的山丘地下，有許多物體釋放出近似聖遺物的波動。」

達也就像這樣說明他發現拉薩埋藏物的原委。

「日本人去拉薩？」

辛格將軍沒隱瞞內心的意外感。他並非不會鬥心機，這應該是交涉的手法吧。至少達也是這麼覺得的。

「不是日本人。」

「四葉的手不只伸向日本國內是吧……真的是去觀光嗎？」

「我承認有收集情報的意圖，卻不是以聖遺物為目的。」

「是偶然發現的嗎？」

「一點都沒錯，閣下。」

辛格沒有繼續追問。因為看不出達也的話語有任何虛假。

事實上，達也沒說謊。光宣被視為已經死亡所以失去日本國籍，而且他降落到西藏的目的是香巴拉遺跡。埋藏在該處的物品或許是聖遺物，但他尋找的不是聖遺物本身。

雖然某些想法沒說出口，不過達也應該沒必要說得這麼詳細。這種心理戰就是這麼回事。

「布達拉宮地下埋藏許多聖遺物的這件事，可以信任到何種程度？」

「雖然不確定是埋藏還是儲藏，不過聖遺物的存在本身毋庸置疑。」

「所以潛入拉薩的人是此等高手嗎？」

「綜合的魔法實力確實更勝於我。」

這也是達也的真心話。自己當時能戰勝光宣，達也認為是因為魔法以外的戰鬥技術與戰鬥經驗勝過他。

「嗯……既然你說到這種程度，那裡應該有聖遺物吧——我們獨占也沒問題嗎？」

聽到拉什・辛格這麼問，達也就像是被問了出乎意料的問題，露出有點為難的笑容。

「那是我不可能取得的東西。與其落入大亞聯合之手，我認為不如由貴國取得。」

「說得也是。」

肉體完全看不出衰老的老將軍破顏微笑。

但他立刻收起笑容，像是以視線貫穿般看向達也。

「希望你誠實回答我一個問題。」

「請問是什麼問題？」

達也當然不會因為這種程度就畏縮。這種可愛的個性和他無緣。

他筆直注視拉什・辛格的雙眼回應。

「你該不會希望我們與大亞聯合為了西藏爆發衝突吧？」

達也臉上被沒有笑意的為難表情占據。

「依照我的認知，貴國與大亞聯盟從以前就為了西藏而上演紛爭……難道貴國已經從西藏收手了嗎？」

「……確實沒錯。抱歉，我問了沒意義的問題。」

聽到達也的反問，辛格將軍露出苦笑。

◇◇◇

達也等人下榻的飯店不愧有很多外國富裕階層人士利用，軍方也用心保護住宿客的隱私。

ＩＰＵ自稱是對抗大亞聯盟的自由主義陣營，應該想避免被外國批判為監控社會吧。

多虧如此，達也一行人得以按照計畫溜出飯店。

和拉什・辛格的對談順利完畢的隔天凌晨，達也和深雪等人一起搭乘錢德拉塞卡準備的自動車離開卡爾希市，就這麼一路驅車沒休息，在天亮之前抵達鄰近布哈拉的科貢市。

「達也，接下來怎麼辦？總之先訂飯店嗎？」

達也吩咐駕駛的兵庫將車子停在科貢郊外之後，莉娜這麼問。

錢德拉塞卡準備的自動車是廂型露營車，但是男女共四人要住的話太小了。而且只有達也與深雪的話還好，莉娜與兵庫也同行。莉娜要求確保飯店客房的這個提案是基於常識。

「在這之前要先領取必要的東西。」

「必要的東西？」

「達也大人，您說領取，但是究竟要從哪裡……」

莉娜與深雪紛紛提出疑問。

達也從行李取出小型通訊機尺寸的機械下車。

所有人跟著下車。

達也要求停車的道路旁邊是一塊平坦的空地。真的是可以在這裡露營的感覺。

達也的目的當然不是露營。

他沒拿機械的右手臂迅速平揮。在揮動前的一瞬間，他的右手腕周圍輸出了啟動式。雖然只有短短一瞬間，但是深雪與莉娜都沒看漏。

所以即使目擊下一瞬間發生的變化，她們也只心想「達也使用了魔法」不感驚訝。

達也揮動手臂之後，他前方的土地被鋪整成直徑二十公尺的圓形。

接著達也操作左手的小型機械。

注入想子之後會輸出啟動式，可見這台機械是ＣＡＤ。如果真的是通訊機的話是小型款式，以ＣＡＤ來說就相當大型。既然輸出啟動式的時候需要這麼強的計算能力，達也肯定正要使用相當複雜的魔法。

在興致盎然注視的深雪與莉娜面前，魔法立刻發動了。

平整的地面劃上發光的線。

不是物理性質的光，是想子光的線。

無數想子光交錯，在地面描繪複雜的幾何學圖形。

「……這是魔法陣嗎？」

聽到深雪這麼問，達也回答「沒錯」點點頭。

「感覺沒在產生什麼特別的作用……是誘導嗎？不對，不是這樣……」

莉娜輕聲說出像是疑問也像是自言自語的話語。

「妳猜的方向還不錯。」

對於她的低語，達也同樣做出回應。

「這個魔法陣是用來輔助魔法的瞄準。鎖定這個魔法陣發動魔法的魔法師，即使完全不知道這個場所，也會覺得『距離』很近。」

魔法的成功率以及魔法要求的事象干涉力，並不是受到物理層面的距離，而是受到情報層面的距離所影響。即使位於肉眼看不見的遠方，只要是術士熟知的場所或物體，魔法的成功率就會增加；即使距離近到伸手可及，如果是不清楚細節的物體，就很難以魔法干涉。

達也這段話的意思是說，只要以他畫的魔法陣當成目標對象，即使是未知的土地或建築物，術士都能視為熟悉的場所，使用相同水準的魔法。

「達也大人，這該不會是——」

深雪還沒說完自己的推理，答案就「降落」了。

達也畫的魔法陣上站著人影。場中沒人因為人影瞬間出現而嚇到。深雪與莉娜都立刻理解到對方是以「疑似瞬間移動」前來的。也沒抱持「來自哪裡」這個疑問。只要看見她的臉，答案就顯而易見。

「各位早安。」

身穿短袖連身裙加圍裙的少女，朝著正前方的達也恭敬鞠躬。

「是水波跑這一趟啊，辛苦了。」

從衛星軌道降落在魔法陣的人是水波。

「這次要送很重要的東西過來，所以我請光宣大人從高千穗輔助。」

「什麼輔助？」

莉娜不是向水波，而是向身旁的深雪發問。

「我想應該是光宣在高千穗啟動『虛擬衛星電梯』讓水波降落在地面。」

「虛擬衛星電梯」是為了來往於地面與衛星軌道上的高千穗，利用刻印魔法陣特別調整而成的「疑似瞬間移動」魔法。

「回程大概也會由光宣拉她上去吧。」

聽完深雪的回答，莉娜稍微歪過腦袋。

「可是，記得水波不是能自己獨力使用『虛擬衛星電梯』嗎？」

「自己架設護盾，再由別人幫忙傳送的話會比較安全吧？」

這次聽完深雪的回答，莉娜露出信服的表情點頭。

進行「疑似瞬間移動」的時候，空氣繭會包覆移動的人與物。換句話說「疑似瞬間移動」本身內建了以護盾保護發動對象的功能，不過始終只是對於真空環境的保護，沒有考慮到障礙物。

如果在移動的時候架設反物資護壁，就會變成「疑似瞬間移動」與「反物資護壁」這兩個魔法的平行發動，相較於單純移動的狀況，術士的負擔更為沉重。

水波化為寄生物之後實力大增，這種負擔對她來說不算是重擔，不過這時候應該解釋為光宣的貼心吧。不，或許說成「寵愛」更加貼切。

深雪與莉娜的這段問答，達也與水波都沒插嘴。原因之一在於深雪說出正確答案，主因則是兩人正在辦正事收付物品。

水波拿來一個偏大的行李箱。達也從她手中接過行李箱，沒確認內容物就交給兵庫。兵庫將行李箱搬進露營車內。

「確實收到了。麻煩也幫我向光宣道歉。」

「要是發現什麼瑕疵，這邊會立刻協助更換。」

「雖然應該沒問題，但我知道了。」

「好的。那麼達也大人，還有深雪大人與莉娜大人，屬下告辭了。」

水波恭敬鞠躬。

「水波，辛苦了。」

「水波再見。改天再一邊喝茶一邊輕鬆聊天吧。」

水波抬頭之後，莉娜出言慰勞，深雪捨不得離別。

水波再度鞠躬之後，站在依然維持效果的魔法陣中央。

精準控制的魔法式捕捉到水波，她的身體以眼睛看不見的速度升空飛向宇宙。

◇◇◇

「所以達也，你拜託了什麼東西？」

看著水波回到宇宙、達也消除魔法陣之後，莉娜解放了壓抑至今的好奇心。深雪也抱持相同的疑問，所以沒責備莉娜的急性子。

「給妳們看比較快。」

達也說完走向露營車。

莉娜乖乖隨後跟上。

深雪當然也是。

回到車內的深雪與莉娜，並肩坐在長排座椅面對桌子。達也坐在她們正對面。

兵庫依照達也的指示，從放在地上的行李箱取出摺成方形的布製物品，還有像是大型臉部護罩的物品放在桌上。

「這是？」

「緊身式的太空衣。」

「緊身式」正如其名，是和身體貼合的衣物類型。強調身體曲線的緊身式禮服是代表性的例子。

將太空衣設計成緊身式的好處，是避免空氣進入太空衣與身體縫隙，在真空的宇宙膨脹而影響身體行動。

「太空衣？這個嗎？頭盔呢？」

「想要隔絕有害的宇宙線或是紫外線，並非一定要使用硬質材料的頭盔。只要能確保氣密效果，兜帽加上面罩就夠了。」

「是這麼回事嗎……？」

莉娜看起來沒接受這個說法，卻沒有繼續開口發問。

「達也大人。您準備太空衣，是為了在這次的任務利用高千穗嗎？」

深雪代替閉口的莉娜詢問達也。

「我是這麼打算的。妳與莉娜就算不穿太空衣只架設魔法護盾應該也沒問題，不過以防萬一還是預先準備了。」

「可是就我看來只有三套……？」

「不好意思，要請兵庫先生留在地面。」

「因為屬下必須在地面處理一些工作。」

聽到達也這句話，兵庫面帶笑容補充說明。

「而且如果只有屬下一人，這個國家與鄰國都有朋友可以幫忙藏匿。」

「原來如此……」

兵庫的人脈超乎預料，深雪只能深感佩服。

◇◇◇

雖然伊芙琳順利潛入撒馬爾罕，但她不可能獨自找出不知道位於何處的遺跡。派她來這裡的卡諾普斯與伊芙琳本人都從一開始就覺得這種事做不到。

她在撒馬爾罕首先採取的行動，是接觸正在烏茲別克活動的USNA情報員。USNA大使館設置於前首都塔什干，不過撒馬爾罕與塔什干以高速鐵路相連。對於USNA來說，要將情報員送入撒馬爾罕並非難事。

老實說，STARS總司令卡諾普斯沒有認真尋找香巴拉遺跡的意願。假設真的找到聖遺物或是更寶貴的遺物，要是為了帶回USNA而不惜傷害和IPU的友好關係就划不來了。他在現實層面是這麼認為的。

而且伊芙琳沒有適合探索遺跡的特別能力。不只如此，連一般的搜索任務都很難說她適任。她擁有可以干涉微小領域的特殊魔法特性，卻反而不擅長將魔法知覺擴散到廣範圍。換句話說她甚至不適合探索遺跡。

她要是知道真相肯定會壞了心情，不過香巴拉的探索反倒是「順便」。本次任務的主要目的是讓伊芙琳累積經驗。要在沒有長官或前輩的狀況進行最佳判斷採取行動。也就是實戰練習。

基於這個背景，所以伊芙琳接觸的情報員也不算是一流人材。

能力方面沒有不足之處。但是在應對突發事態的時候，難免稍微欠缺實力。

大概有一半是這個原因吧。待在撒馬爾罕第三天的白天，伊芙琳陷入出乎意料的危機。

抵達這座城市之後，伊芙琳就一直和蕾娜分頭行動。在假扮成觀光嚮導的情報員帶領之下，從早上就走遍市內的古蹟。

撒馬爾罕的古蹟大多是回教文化傳入之後建立的。伊芙琳也認為地面建築物殘留香巴拉線索的可能性不高。不過宗教方面的建築物大多會將異教——前一個宗教的權威象徵加以踐踏覆蓋。她認為即使地面沒有線索，只要站在該處還是可能知道某些端倪。

伊芙琳自覺這就像是病急亂投醫，但是分析「白色石板」只知道遺跡位於「撒馬爾罕到布哈拉的地域」，她想不到別的調查方法。

正在餐廳等午餐的時候，伊芙琳察覺異狀。

「……總覺得是不是有人在看？」

伊芙琳輕聲詢問坐在正對面的情報員。

「看來被監視了。」

「果然不是因為美國人很稀奇才一直看我們吧……」

伊芙琳是巧克力棕色頭髮與深藍色眼睛。這種顏色組合在中亞不算稀奇。她身穿隱藏體型的衣服，頭戴防風沙的長圍巾，所以也很難認定是容貌或體型太顯眼。擔任嚮導的情報員是伊朗裔的中年男性，容貌和當地人民無從分辨。因為外表而引人注目的可能性從一開始就很低。

「對方是誰？」

「應該不是ＩＰＵ當局的人。」

被伊芙琳徵詢意見的情報員，以慎重口吻回答。

老實說，情報員男性不知道視線的真實身分。他說這不是ＩＰＵ的監視也只是單純的推測。

不過這名男性認為支援人員不該以模稜兩可的報告害得戰鬥員不安。他堅守著這份錯誤的信念，不對，是曲解教戰守則的部分內容並且親身實踐。

「那麼是外國的特務嗎？新蘇聯？大亞聯盟？該不會是日本之類的？」

「少尉，請冷靜。在這裡引發騷動不太妙。」

被輕聲訓誡的伊芙琳閉上嘴巴。

「總之現在就若無其事用完餐再離開這間店吧。」

伊芙琳微微點頭回應男性這句話。

裝出不慌不忙的樣子，比平常花更多時間吃完午餐之後，伊芙琳走出餐廳。她在情報員的帶領之下，移動到沒有人氣＝沒有人的冷門遺跡。

「有跟來嗎？」

伊芙琳詢問情報員是否有人跟蹤。

「人數增加了。」

得到的是無情的回答。

「我來迎擊。告訴我位置。」

伊芙琳說著從側背包取出平板狀ＣＡＤ打開開關，收進像是斗篷般寬鬆上衣左腋下的暗袋，順便將側背的包包改成斜背。

她剛才從包包取出的ＣＡＤ是完全思考操作型。即使收進口袋也沒有使用上的問題。

「可能有遺漏就是了。」

「只說你目前知道的就好。」

聽到情報員像是想逃避責任的這句回答，伊芙琳克制不耐煩的心情給予免責權。

「右後方第二間建築物暗處、左後方第三座紀念碑後面……」

情報員像這樣指示的跟蹤人員共四人。

伊芙琳朝這四個人同時施放魔法。

◇◇◇

「閣下，有件事想向您報告。」

卡爾希．哈納巴德空軍基地原本的基地司令，將司令官室讓給拉什．辛格將軍使用。一名幕僚前來向坐在司令官座位的辛格將軍打耳語。

「──有沒有魔法師戰鬥員可以立刻出動？」

聽完幕僚說明的將軍，以強烈的語氣詢問副官。

「七聖仙的『艾利歐托(Alioth)』與『費克達(Phecda)』正在本基地待命。」

「七聖仙」是IPU聯邦軍魔法師特殊部隊的名稱，原本指的是印度神話相傳的七位聖仙。可說和大亞聯盟「八仙」的命名方式相似。

不過相較於「八仙」直接使用傳說仙人的個人姓名為代號，「七聖仙」是以北斗七星的國際名稱為代號。

其中一個原因在於神話裡的「七聖仙」原本就被視為北斗七星的代表，不過更主要的原因牽扯到ＩＰＵ的隱情。ＩＰＵ不只是聯邦國家，同時也是印度與伊朗的聯合國家。

「七聖仙」的七人以印度出身的魔法師組成，主要任務是防備東方——大亞聯盟。作戰地域必然也在印度及其周邊。基於這種原委，所以採用的部隊名稱也源自印度神話，不過如果連隊員代號都使用印度的官方語言，會引發前伊朗派系的強烈反彈。

「立刻派兩人前往撒馬爾罕。不知道哪裡來的笨蛋正在市內進行魔法戰鬥。在市民出現被害之前鎮壓他們。」

「遵命！」

主要作戰地域位於印度方面的「七聖仙」，實質上接受前印度軍領導者拉什・辛格的指揮。不過名義上直屬於聯邦軍總司令官。起碼必須採取「申請出動」的程序才行。

副官快步走出司令官室，就是為了按照這個形式行事。

◇　◇　◇

面對如同立體化的犬隻剪影般毫無色澤濃淡的漆黑四腳獸，伊芙琳連續發射純壓力的子彈。這是以日本的吉祥寺真紅郎發現的「始源碼：加重系統正向碼」為基礎，她自己研發建構的原創魔法「加壓子彈」。

這個魔法基本上和吉祥寺真紅郎的「無形子彈」相同，差異在於「加壓子彈」從一開始就是以連射為前提。而且不是全自動連射，比較近似半自動連射。預先讓數顆「子彈」待命，在任意的時間點朝著任意目標發射，是一種延遲發動術式。

被加壓子彈打中的影獸逐漸淡化消滅。但是伊芙琳立刻遭受下一波攻擊。這次是立體化的烏鴉剪影。

「到底要逃多久才行？」

一邊跑一邊擊落烏鴉剪影的伊芙琳說出喪氣話。她已經到處竄逃三十分鐘以上。如果這是電視劇或電影就會稱心如意找到車子，不過伊芙琳他們反而因為敵方攻擊而失去自動車。身體的疲勞也差不多不能忽視了。

「使用合成體攻擊。對方肯定是大亞聯盟的特務吧。」

完全交由伊芙琳迎擊的情報員以博學多聞的表情說明。

「這種事我知道！不提這個，還沒找到主體躲在哪裡嗎？」

「不好意思。敵方移動速度很快，現在是想追蹤也追不上的狀態。」

「真沒用的機械！敵方是騎在機車上嗎？出車禍死掉該有多好！」

伊芙琳朝著攜帶型想子探測機的性能惡毒臭罵，朝著不同於自己擁有代步工具樂得輕鬆的敵人惡毒下咒。

自從開始逃走至今，她一直只使用威力較小的魔法。因為基於本次任務的性質，不能損害到市民或是建築物。

伊芙琳不會使用戰略級魔法，會用的戰術級魔法卻多到連雙手都不夠數。其中也包括能摧毀半徑一公里範圍內所有固體的「動態空中機雷」強化版。這個魔法的威力與範圍比起三年前在非洲幾內亞灣岸地區使用的「動態空中機雷」更加強化。

只要使用這個魔法，就可以將藏身的魔法師一網打盡吧。相對的也會殃及城市與居民。擁有致勝手段卻必須到處竄逃的這個現實，使得伊芙琳煩躁到不必要的程度。

◇ ◇ ◇

魔法師在撒馬爾罕市內爆發「小型衝突」的這個情報，也傳入正在和蕾娜一起窩在飯店的愛拉耳中。被登錄為聯邦軍預備役魔法師的愛拉收到「不准介入」的警告郵件。

沒下令愛拉出動的原因，首先在於她雖然不是正規軍人，魔法卻是大規模高威力的類型。即使沒被公認為戰略級魔法師，不過愛拉「可能」會使用「神焰沉爆」。只要是管理戰鬥魔法師的軍官大多知道這個「傳聞」。

「蕾娜，方便借點時間嗎？」

在享受午茶時光的飯店休息室，愛拉將臉湊向蕾娜低語。

「愛拉，怎麼了？」

「我想私底下告知一件事。方便回房間一趟嗎？」

「知道了。」

蕾娜沒苦惱。她原本就只點了少許茶點，而且已經吃完。她留下約三分之一壺的茶，就這麼從椅子起身。

「魔法師之間的城鎮戰嗎？」

聽完愛拉說明的蕾娜露出似懂非懂的表情。不是罹患了「城鎮不可能發生戰鬥」的和平痴呆症，反倒是覺得「爆發城鎮戰的話應該會鬧得更大」而冒出疑問。

「要說城鎮戰的話是城鎮戰沒錯，但是被害程度有限。或許雙方使用的魔法都只限於效果範圍較小的類型。」

「是以不會危害市民的形式戰鬥嗎？可是……」

蕾娜擔憂蹙眉。

「……是的，不知道可以維持多久。」

大概是受到影響，愛拉也露出擔憂表情。但她立刻重振心情繼續說明。接下來才是正題。

「——其實這場小型衝突，其中一邊的當事人好像是泰勒小姐。」

「咦，真的嗎？」

或許是驚訝勝過擔憂，蕾娜揚起深鎖的眉頭，睜大雙眼看向愛拉。

「這只是猜測。」

「不過可能性很高吧？」

「是的。」

聽完愛拉的回答，蕾娜迅速從床邊起身。

「蕾娜？」

愛拉也從椅子起身。

「必須去找泰勒小姐才行！」

「啊？不，確實不能置之不理吧，可是……」

「城鎮戰是很嚴重的事！必須立刻阻止他們才行！愛拉，可以幫我嗎？」

蕾娜極為自然地提出「需要幫忙」的要求。愛拉對此感到新奇。

「好的，我來幫忙。」

擁有少女般外表的蕾娜，眼神像是少女般率直相信人性本善。

愛拉在這個時候，迷上了蕾娜的少女特質。

◇　◇　◇

早上在布哈拉住進飯店的達也一行人，過了正午之後開始行動。

兵庫以外的三人披著儲存在人造聖遺物的認知阻礙魔法「冥隱」，首先在市區逛一遍。

徒步效率不好，所以在最初發現的市集購買腳踏車。聽說以前烏茲別克的腳踏車沒有煞車，但現在終究沒這回事。此外深雪與莉娜都預料到會騎腳踏車或機車而穿著寬褲。

騎腳踏車到處逛了一小時之後，在印度風格的茶館休息。此時監視的眼線突然解除了。

所有人都察覺自從離開飯店就被監視。並不是知道他們的身分進而監視。若是如此，肯定會設立更嚴謹的監視體制。「冥隱」是不讓他人認知術士身分的魔法，沒有改變外型的效果。雖然看不出長相與體型，卻可以辨識服裝。達也他們刻意不模仿當地居民的服裝。這是考慮到假扮成觀光客在各方面比較不會穿幫的結果。

推測應該是和哈薩克的國境持續處於緊張狀態，才會對於外國人加強警戒。

「……發生了什麼事嗎？」

這些監視忽然消失了。深雪感到不安也是在所難免。

「大概是別的地方發生大問題吧。」

達也以安撫語氣回答深雪的問題。

「所以是在別的城市嗎？」

這次是莉娜詢問達也。

「附近沒有發生騷動的氣息。」

雖然沒斷定，但達也的回答間接肯定莉娜的話語。

「屬下調查看看。請稍待片刻。」

兵庫說完拿著衛星通訊終端裝置站了起來。

兵庫不到五分鐘就回到桌旁。

「正如達也大人的預料。」

兵庫一入座就立刻開始報告。

「大約一小時之前，撒馬爾罕有魔法師進行小規模的交戰至今。大概是調派人員前去鎮壓了吧。」

「是外國的特務被舉發嗎？」

「不，深雪大人。不是ＩＰＵ魔法師與外國魔法師的戰鬥，是外國魔法師之間的戰鬥。」

兵庫搖頭回答深雪的問題。

「特務相互起衝突嗎……?真虧這樣還能僅止於『小規模』的戰鬥。」

莉娜自言自語般說出疑問。

「雖然不是確實的情報,不過似乎是伊芙琳.泰勒正在被大亞聯盟的特務追捕。」

「她在做什麼啊……」

兵庫補充的這段話,使得莉娜不耐煩般輕聲呢喃。

「監視解除,對我們來說比較好辦事。」

「說得也是。會變得比較容易調查。」

達也冷酷指出箇中得失,深雪點頭同意。

◇　◇　◇

蕾娜帶著愛拉與路易.魯離開飯店。徒步約五分鐘的地方有租車行,所以愛拉租了一輛小型車。

愛拉坐在駕駛座。撒馬爾罕算是相當繁華的都市,卻還沒配備自動駕駛中央管制系統,需要有人駕駛。愛拉也不熟悉烏茲別克的地理環境,但因為習慣IPU的交通規則,所以比路易.魯適任。

路易坐在副駕駛座。蕾娜原本想坐副駕駛座，愛拉與路易卻齊聲反對。
蕾娜在後座半閉雙眼，雙手放在腰部前方。是手掌相合十指交握的「祈禱」姿勢。
「……請開往正前方往右約六十度的方向。距離大約一英里。」
蕾娜就這麼半閉雙眼告知。
愛拉依照指示踩下油門。

後來蕾娜三度改變指示，愛拉每次都配合變更路線。第三次變更路線約五分鐘後，三人搭乘的小型車衝入魔法戰鬥的正中央。
車輛左側有一群純黑色犬隻——之類的物體進逼而來。
副駕駛座的路易近距離看見這一幕。「來不及了！」他在內心大喊。
然而黑色獸群被來自車輛右側的槍擊打碎消失。
「泰勒小姐在那裡！」
蕾娜一邊大喊，一邊指著魔法子彈射出的建築物一角。
從後照鏡看著蕾娜的愛拉，連忙將方向盤往右打。
她也同時以領域干涉包覆自動車。
戰略級魔法師的事象干涉力，將黑影形成的一大群虻蟲回歸於無。

自動車緊急煞車。

伊芙琳躲在車輛旁邊的建築物暗處。

她是獨自一人。剛才共同行動的情報員不在這裡。不知道是在逃跑的時候失散，還是刻意選擇分頭行動。也可能是——已經被拋棄了。

「泰勒小姐，請上車！」

蕾娜打開車門大聲呼喊。

伊芙琳臉上露出猶豫表情。

操縱合成體使魔的敵方魔法師沒放過這個破綻。

不是黑影而是以紙形成的小型鷹襲擊伊芙琳。

首先察覺的是蕾娜。

她朝著以魔法驅動的猛禽，使出將意識焦點擴散的魔法。

精神干涉系魔法「精神擴散」。

對象是單一個人。以術士集中意識的對象為媒介，讓緊張的精神放鬆下來的魔法。

蕾娜的魔法大多溫柔待人。

不過這份溫柔有時候會成為阻擋去路的強力障礙。

術士的意識聚焦在使魔。朝著使魔發動的「精神擴散」奪走術士的緊張，令魔法產生破綻。

無比溫柔，無比強大。

不是會傷害他人的強大，而是不會傷害他人的強大。

目擊這個魔法的愛拉深受感動。

從卡爾希・哈納巴德空軍基地派來的「七聖仙」艾利歐托與費克達兩人抵達撒馬爾罕時，魔法師之間的小型衝突已經落幕。

引發騷動的雙方當事人都已經消失無蹤，真實身分不明。

因為擔憂將爆發更大規模的城鎮戰，所以艾利歐托與費克達不得不暫時留在撒馬爾罕。

◇◇◇

在布哈拉的第一天只逛了市區一週就結束。

然而雖說沒有成果，達也卻沒有特別感到失望或著急。

如果是遠離人煙的祕境就算了，布哈拉是自古以來有許多人居住的都市。如果可以這麼輕易找到，香巴拉的痕跡至今還沒被發現才奇怪。

而且也因為今天是從下午開始行動，所以一開始就是以大致掌握地理環境為目的。預定明天才正式展開調查。

在飯店訂的是兩間雙人房。房間分配方式是達也與兵庫一間、深雪與莉娜一間。深雪也沒有特別對這樣的分配表達不滿。

在飯店餐廳吃完晚餐回到客房沒多久，達也接到一通衛星電話。因應日本可能會打緊急電話通知事情，窗邊放了訊號中繼器。

打電話過來的是藤林。

『──FAIR的蘿拉・西蒙好像在今天非法入境日本了。』

這就是緊急報告的正題。

「明明不是國際通緝犯居然找得到。」

FAIR的洛基・狄恩與蘿拉・西蒙在USNA被發布全國通緝令，但是國際通緝令還沒發布。由於沒走正規的出入境程序所以是非法入境，卻肯定沒到日本司法當局會全力尋找的階段。

『為了以防萬一，我在人臉比對系統追加蘿拉・西蒙的資料，結果就發現了。雖然影像模糊所以無法斷定，不過一致率超過百分之八十。』

「對方應該也有採取最底限的對策，所以只要超過百分之八十就可以確定了吧。」

畫面模糊並不是失焦的意思。以現代的影像技術不可能發生這種事。如果畫面依然模糊，可能是使用了阻礙攝影的電子裝置，或是化妝時使用了會讓感光元件誤判的塗料，不然就是採取了其他會讓臉部認證出錯的手段。

「所以是在哪裡發現的？」

『關西國際機場，東名高速道路牧之原休息站的厚木交流道出口。』

「不是町田，是厚木嗎……」

如果是町田，對方的目的就是生產人造聖遺物的ＦＬＴ研究所。但如果是在厚木下交流道，就不能忽視對方鎖定伊豆魔工院的可能性。

『應該是計算到被發現的可能性，意圖擾亂我們吧。』

對於藤林的推理，達也回答「應該是吧」表明贊同之意。

『話是這麼說，不過對方應該是鎖定ＦＬＴ開發第三課的研究所。我想將人力集中過去加強警戒。』

「我認為這是適當的應對方式……這樣好了，請幫我吩咐大門先生貼身保護隆雷先生。」

『知道了。』

藤林大門是達也的私人部下，對於藤林響子來說是已故父親藤林長正同父異母的弟弟。換句話說雙方是叔叔與姪女的關係，不過響子只小他兩歲。

三年前，達也與光宣為了水波而處於敵對關係時，在追蹤光宣的過程中，長正對達也做出了背叛行為。後來長正派來大門為達也效力做為賠償。

預定下個月開校的魔工院，從十師族八代家邀請當家的親弟弟隆雷擔任校長。要是隆雷發生什麼三長兩短，事情不會只是達也一個人的責任，恐怕會演變成四葉家與八代家的糾紛。既然魔工院可能被鎖定，確保隆雷生命安全的措施就不可或缺。

「開發第三課那邊，就把七草小姐與遠上先生加入警備陣容吧。請指示他們兩位進駐町田的辦公室。」

魔法人聯社總部位於町田，在ＦＬＴ開發第三課旁邊的大樓。只要進駐總部，就可以在開發第三課研究所遇襲的時候迅速應對。

以達也的立場，其實想把這份工作交給文彌與亞夜子。不過黑羽家正在負責別的重要案件，那兩人也是一放暑假就早早專心投入那邊的工作。

雖然是次善之策，不過真由美與遼介在春天也對付過ＦＡＩＲ的魔法師罪犯，所以達也決定找他們支援警備。真由美當然不用說，遼介的能力也獲得達也的高度評價。

『知道了。我會請他們兩人幫我整頓總部。』

四月設立的魔法人聯社有常駐的事務員。但因為達也與深雪都鮮少前往，所以辦公環境的整頓計畫一直延宕下來。藤林在這方面經常嘮叨提醒達也，不過達也以自己的研究為優先，不太認真處理這件事。

「……請這麼做吧。」

掠過達也腦海的，是對於自己思慮不周的內疚感嗎？

還是成功將待辦事項塞給別人的解脫感？

他本人肯定也不知道。

◇　◇　◇

真由美與遼介都是受僱於魔法人聯社的職員，而且兩人都是主動求職之後進入聯社。雖然不是「上班族的悲哀」，不過即使今天在伊豆工作，明天突然被命令前往町田工作，他們也不得不照做。

而且兩人確實得知了原因。四月企圖竊取人造聖遺物的魔法師罪犯同夥，很可能再度鎖定人造聖遺物下手。

「……遠上先生認識ＦＡＩＲ的蘿拉・西蒙這號人物嗎？」

真由美一邊列出需要補充的ＯＡ機器清單，一邊朝著隔板另一頭的遼介搭話。

「我認識。但這不是朋友的那種認識。」

遼介一邊操作辦公室設計軟體，一邊回答這個問題。關於他曾經前往沙斯塔山拯救ＦＥＨＲ同伴的這件事，真由美並不知情。

「聽說是FAIR的幹部。她是什麼樣的魔法師？」

「不是普通的幹部，是副領袖。據說還是領袖洛基・狄恩的情婦。」

遼介首先訂正真由美的部分認知。

「情婦……」

真由美不是臉紅，而是稍微板起臉。

遼介對此沒特別反應，繼續回答。

「蘿拉・西蒙是被稱為『魔女』的古式魔法師。」

如同將「魔法師」改稱為「魔法人(Magist)」，「古式魔法師」與「現代魔法師」都是比較新的名稱。不過相對應的外來語名詞有點長，唸起來不方便，所以在日語對話幾乎不會使用。

「說到魔女……記得擅長的是干涉『人類』這個事象對吧？」

真由美拿出在大學學到的「魔女」相關知識。她在魔法大學專攻魔法師的類型與特性。

「雖然不知道蘿拉・西蒙的詳細能力，但她肯定是很難對付的對手。」

以嚴肅表情回答的遼介，語氣隱含著實際的感受。

「那個……你和她交手過嗎？」

真由美甚至忍不住這麼問。

「啊，不……並不是這麼回事。她在溫哥華的魔法師社群是廣為人知的人物……」

遼介的解釋說得不算流暢。

真由美朝遼介投以疑惑的眼神。

「……原來那裡也有這種魔法師社群啊。」

但是到最後，真由美放鬆視線力道，以說服自己的口吻低語。

◇　◇　◇

ＦＬＴ的研究所在這天夜晚遇襲。

確認行蹤的隔天就採取行動，以相反的意思來說出乎意料。不只是真由美與遼介，包括藤林甚至是人在烏茲別克的達也，都預料對方需要花費數天做準備。

雖然這麼說，但也沒有掉以輕心。這天是開始警戒的第一天，即使有著「沒想到是今天」的心理漏洞，也沒因為疲勞或習慣而放鬆精神。真由美住在藤林安排的附近飯店，不過遼介在聯社總部的休息室待命。

所以終端裝置在深夜收到研究所的警報之後，遼介立刻從床上彈起來。

他穿上掛在床邊的工作褲，手腕戴上ＣＡＤ，在長袖上衣外面披一件戰術背心，雙腳穿好靴子。所有準備在三分鐘內完成之後，遼介衝出休息室。

外面下著雨。雖然不是很大，不過一般來說是要撐傘的天氣。

但遼介不顧淋溼，衝到黑暗的雨中。

依照終端裝置即時接收的情報，歹徒在一樓被防盜鐵捲門擋住去路。警衛室還沒淪陷，甚至沒有遭到攻擊的樣子。

（偽裝嗎……？還是……）

即使歹徒有什麼策略，遼介也猜不到。他猶豫片刻之後決定按照準則行動。

雖然是昨晚緊急決定的警備支援，不過藤林在早上的時間點製作了詳細的行動準則。

（一樓管理室沒要求支援。在這種狀況──）

遼介前往建築物側邊的逃生門。那裡是平常封鎖的出入口。

門後有逃生梯可以前往二樓。而且研究所二樓有人造聖遺物的製造設備。

要進入人造聖遺物的製造室，必須使用二樓管理室保管的鑰匙。五月上旬被FAIR的魔法師犯罪搭檔「雅努斯」入侵之後，就像這樣強化保全措施做為反省。

依照藤林的行動準則，不能打開防盜鐵捲門，而是從逃生梯前往二樓鞏固管理室的防守。

遼介將右手伸向戰術背心的暗袋。裡面放著逃生門的門禁卡。但是遼介只以手指碰觸門禁卡沒抓住，將右手移向另一個內袋。

遼介從內袋抽出特殊警棍，迅速轉過身去。

轉身之後變得不再是從背後偷襲，而是由正面攻擊的ＦＬＴ警衛揮下特殊警棍，遼介出棍迎擊。

警棍猛然互擊，都被打得大幅彎曲。

遼介斷然扔掉警棍。

警衛高舉彎曲的警棍。

遼介和這名男性警衛四目相對。這一瞬間，他明白對方被操控了。

遼介以左手抓住警衛揮下的手腕，扭到後方壓制。警衛沒倒下，以前傾姿勢撐住。

遼介右手從男性下巴下方插入護頸內側，以手指壓迫動脈。

警衛身體失去力氣。這是頸動脈竇性暈厥，所謂的「失神」狀態。

男性跪倒在潮溼的路面。但是遼介沒有餘力輕輕讓他躺好避免受傷。本應是同伴的警衛包圍遼介了。

遼介周圍的警衛是四人。部署在一樓的警衛共六人。

應該可以推斷一人駐守在管理室，外出巡邏的五人變成了傀儡。

「可惡的蘿拉．西蒙，邪惡的魔女！別躲了給我出來！」

遼介不耐煩地怒吼。他確信是蘿拉在操縱警衛。

『遠上，我知道你的護盾很棘手。』

蘿拉回應了。但她的聲音聽起來像是從天上落下也像是從地底冒出。完全無法確定方向。不只是聲音。

她就在附近，感覺得到氣息。然而完全不知道她躲在哪裡。

『你包覆護盾的拳頭硬度勝過鋼鐵。要以你的拳頭朝著只被操縱的自己人打打看嗎？』

隱含嘲笑的挑釁。這段話令遼介猶豫發動「反應護甲」。

『遠上，做個交易吧。只要你打開那扇門，我就解放這些人。』

「妳以為這種睜眼說的瞎話騙得了我嗎？」

『真遺憾。魔女不會說謊喔。因為我們和你們現代魔法師不同，非常重視話語。』

遼介不熟悉古式魔法。不，對於魔法整體都不太熟悉。

蘿拉所說「重視話語」這句話的意思，他只能模糊理解，所以也無法判定「不會說謊」這句話是真是假。

「……只要打開就好嗎？」

這句反問如實顯示遼介的迷惘。

『我不會要求你離開那裡，也不會要求讓我們進去。』

蘿拉像是仔細說明般清楚說出每個字，如此斷言。無論是真心話還是謊言，這段話語沒有任何猶豫。

猶豫的有無左右了言語的力量。即使是謊言，毫不猶豫的話語也很強力。

遼介的心開始傾向於接受蘿拉的提案。

然而在這個時候……

「久等了！」

隨著這個聲音，白色的塊狀物體混入雨中從天而降。但也因為天色昏暗，所以遼介看不出這是什麼。

高爾夫球大的四個物體，真面目是乾冰。

固態乾冰朝著被操縱的四名警衛臉部落下，並且在即將打中警衛的時候消滅。

包圍遼介的警衛像是斷線傀儡般倒在路面。

「七草小姐，這是……？」

遼介朝著新的聲音來源——穿著雨衣的真由美疑惑詢問。他不知道警衛為何倒下。

原因並非某種白色物體——固態冰塊的撞擊。遼介早已看慣遭受打擊而摔倒的模樣，所以知道不是這種倒地方式。說起來，從天而降的物體沒打中警衛，而是在他們面前化為煙霧消失。

「事後再告訴你。」

跑到遼介身旁背對逃生門的真由美保留回答。她已經累積足夠的戰鬥經驗，不會在敵人面前亮底牌。

不用說，從天而降的乾冰是真由美的魔法使然。

她拿手的魔法「乾雹流星」。

收集大氣中含量極少的二氧化碳製作乾冰，在敵人的臉部前方昇華。突然在鼻尖產生的高濃度二氧化碳輕易就引發中毒症狀。

「乾雹流星」令敵方昏迷的原因，與其說是二氧化碳中毒，缺氧的比例占得比較重，但無論是二氧化碳中毒還是缺氧症狀，依照嚴重程度都可能致人於死。

真由美建構魔法的時候，當然調節到不會造成這種結果。朝著傀儡警衛使出的「乾雹流星」也將威力降低到確定不會致命的程度。

「不提這個，請告訴我狀況。」

聽到真由美這麼問，遼介改變心態認為現在不是被好奇心囚禁的場合。

「負責一樓的警衛如妳所見，除了一人之外都落入敵方手中，但是管理室平安無事，也沒有放任敵人入侵二樓的形跡。我是在這裡中了埋伏。」

「所以敵人想從逃生門進去吧。建築物的構造洩漏出去了嗎？」

研究所逃生門的情報沒有對外公開。如果歹徒埋伏在這裡，真由美猜測這個情報可能以某種形式外洩了。

「應該是從傀儡警衛口中問出來的。」

遼介的推理和真由美不同。

「操縱警衛的是蘿拉・西蒙。說來可惜，以我的能耐不知道她躲在哪裡。」

但他沒要討論這件事，以難掩不甘心的聲音這麼說。

『我看著你們喔。你們還是死心讓路比較好。』

蘿拉試著以這句話乘虛而入。並非只以話語出招，她同時使出奪取意志（不是剝奪意識）的魔法。

「嗯……是某種毒氣攻擊嗎？」

但蘿拉以魔法操縱的「奪取意志的香氣」，被真由美架設的魔法護盾擋下。

真由美曾經因為進人類戰線的毒氣攻擊陷入危機，她以這個經驗為教訓，在介入戰鬥之前就架設魔法護盾，選擇性地隔絕正常空氣不會包含的氣體成分。

突然捲起強風。真由美和魔法護盾連動的下降氣流魔法，將蘿拉送來的「香氣」連同雨珠一起吹散。

「——找到了。」

真由美低語的下一瞬間，路面下雨的積水化為冰珠浮到空中。在富含水分的環境，與其收集二氧化碳製作乾冰，製作冰的子彈比較容易。而且二氧化碳溶於水。從化學角度來說，溶入雨珠的二氧化碳微乎其微，不過「二氧化碳溶於水」的概念會降低魔法效果。

剛才對警衛使用的「乾雹流星」從目的來看，降低威力反而方便行事。不過在當成純粹攻擊手段使用的這個狀況，與其使用乾冰更應該使用冰。

射出冰雹彈幕的魔法「冰雹暴風」。

成長到直徑將近一公分的冰珠成群飛上天空。

路旁的行道樹是成長到二十公尺以上的櫸樹。

樹梢尖端被冰雹彈幕吸入。

冰雹彷彿落在水面般產生波紋。

然後，和夜空烏雲同化的濃霧消散了。

樹梢前方浮現兩個人影。

一男一女。

「蘿拉・西蒙！」

遼介看著女性大喊。

「她就是ＦＡＩＲ的副領袖——」

聽到遼介的叫喊，真由美也知道了這名女性的真實身分。

（可是那個男的是什麼人……？）

中年男性像是抱住蘿拉般摟著她的腰，浮在蘿拉身旁。正常來想應該是ＦＡＩＲ的成員，是蘿拉的手下。但在真由美看來，情況並非如此。

（怎麼回事……應該形容為高手的氣息嗎……）

蘿拉確實也令人感受到深不可測的詭異氣息。但是真由美直覺認為男性的威脅比較大。

遼介也一樣。蘿拉與男性慢慢降落在路面之後，遼介將真由美保護在背後。

「……我對付那個男的，七草小姐處理蘿拉・西蒙。」

在遼介瞪視的前方，男性放開摟著蘿拉的手。蘿拉也放開環抱男性脖子的雙手離開他。

「這位小姐，不是由遠上，而是由妳來款待我嗎？」

蘿拉釋放冷笑的波動向真由美搭話。

「哎呀，我沒道理款待不速之客喔，反倒還想請妳摸摸鼻子走人。」

真由美的個性並沒有好戰到被挑釁就奉陪到底的程度。不過大概是被蘿拉趾高氣昂的說法惹火，真由美以完全瞧不起對方的語氣回應。

「……丫頭，報上名來吧。我會記下來，妳要感到榮幸喔。」

「我可沒有年輕到要被稱為丫頭。妳其實已經有一把年紀了吧？」

「給我死吧——」

蘿拉喉頭擠出嘶啞又高亢，不是唱歌也不是祈禱的「聲音」。

「魔女」的魔法是干涉「人類」這個事象。其中也包含改造自身肉體的技術。現在蘿拉發出的「聲音」，是為了彌補咒語詠唱時需要一段時間才能生效的這個缺點，由她們魔女在近年發明的縮時詠唱技術。

改造自己的喉嚨，藉以同時發出複數的「聲音」。復合重疊的音韻成為具備魔法層面意義的記號，發揮的功用等同於CAD輸出的啟動式。

她發出的這段「聲音」，如果將主要的部分復原為正常話語，就會成為「來自天蠍宮之冥王星使者，以鮮血記載憤怒悲嘆與怨恨之異界絕對者。對於汝之僕從加以侮蔑與羞辱之惡徒，請以神使之權能給予報應吧」這段話。

這個魔法名為「告死天使」。效果是在「聲音」傳達的範圍內，麻痺一名敵人的心臟。這是干涉「人類」這個事象引發心臟麻痺的詛咒。

對於多數歐洲人口中的「異教」信徒來說，這個名稱與咒語內容應該令人噴飯吧。明明對於別人來說是冒瀆行為，卻面不改色甚至得意洋洋地進行，「魔女」的邪惡由此可見。

「可惜，太慢了。」

然而即使下了此等巧思，依然追不上現代魔法的速度。

真由美一邊低語，一邊同時發動「領域干涉」與「情報強化」。同時發動複數魔法，是至今還在運作之第三研的研究主題。而且七草家原本的姓氏是「三枝」，是從第三研跳槽到第七研的含數魔法師。能夠這麼平順又迅速發動兩個對抗魔法，是七草家在第三研獲得的魔法技能使然。

即使是「魔女」的魔法，運作原理也一樣。雖然差別在於源頭是自己建構的魔法式還是自身使喚的情報體，不過魔法的效果都是「暫時覆寫情報體」。即使是「魔女」的魔法，只要「領域干涉」與「情報強化」的事象干涉力更強，魔法就會失敗。

蘿拉的「告死天使」沒能突破真由美的魔法防禦。

真由美的「冰雹暴風」再度襲擊蘿拉。

蘿拉大幅向後跳十公尺以上躲開。

但是無法繼續後退了。她的背後是櫸樹的樹幹。

要是在這時候直接發射冰粒，應該可以確定是真由美勝利。她是聞名的遠距離精密射擊魔法高手。在這個距離不曾失手。

但她不是發射冰雹，而是選擇製作乾冰子彈。冰粒即使能避開要害癱瘓對方戰力，也無法避免流血。她想以「乾雹流星」在不流血的狀況下壓制蘿拉。

現代魔法在發動速度占優勢。即使如此，切換魔法的時間以及猶豫要選擇哪種魔法的時間，還是給了蘿拉反擊的機會。結果蘿拉獲得的時間足以發動比現代魔法更費時的古式魔法。

蘿拉的身體搖晃，變得稀薄，和櫸樹的樹皮同化。當然只是以魔法造成的假象。

真由美也立刻明白這一點，所以沒有吃驚。但是內心難免慌張。自己的天真導致本應獲得的勝利脫手而出，這份後悔在真由美心中激起波瀾。

真由美連忙尋找蘿拉。她擁有「多重觀測」這種遠距透視能力。能夠不受障礙物阻礙地從多個角度及時查看目標光景。現在她也以這個能力想找出蘿拉的位置。

然而「多重觀測」這個能力是無視於距離與障礙物，只要是光線照射就看得見的光景都能看得一清二楚。如果是光線照射也看不見的東西就無法辨識。

何況蘿拉使用的魔法和「鬼門遁甲」的原理相同，是藉由對方看過來的視線植入「看不見」的暗示。想要看清楚的意願愈強，愈容易落入這個魔法的圈套。對於「多重觀測」來說是明顯被剋制的魔法。

真由美感覺自己施加的情報強化防壁被到處亂戳。是正在遭受魔法攻擊的感覺。

現在還不覺得防壁會被突破。不過只守不攻只會節節敗退。真由美理解這個道理。

但是沒認知到對方就無法攻擊。廣範圍轟炸的無差別攻擊魔法是真由美不擅長的領域。總之現在要鞏固防守等待機會。

真由美將穿著雨衣的背部貼在研究所外牆，縮小「領域干涉」的範圍提升濃度，將「情報強化」的防壁增設到三層。

和遼介對峙的敵人，看起來比第一印象年輕。遠看感覺是三十五到四十五歲，不過像這樣面對面的現在推測是三十歲左右。

一般來說，年輕會反映體力。體力不同，戰鬥方式也會改變。雖然三十歲出頭與未滿四十歲的差異不會大到造成誤算，但是遼介重新繃緊精神。

男子身穿灰色的夏季外套。他從外套內側取出刀子。

「呂洞賓。」

正握刀子擺出架式的男子呢喃般這麼說。遼介一時之間聽不懂這句話的意思。

「報上名來吧。你叫什麼名字？」

聽到這句英語問句，遼介才理解到那是這名男性的名字。之所以沒立刻想到這是自我介紹，是因為遼介不習慣聆聽漢人的名字。

遼介待在北海道或是溫哥華的時候都沒認識漢人，住在溫哥華的漢人或是華裔居民也為自己取了盎格魯撒克遜風格的名字。

因此，遼介當然也不知道「呂洞賓」是傳說中的仙人名字。

「遠上遼介。」

遼介回應呂洞賓的要求，並沒有什麼深遠的意義。單純只是對方問了所以回答。遼介不知道對於某些古式魔法師來說，姓名會成為攻擊的手段。

呂洞賓不太擅長以姓名進行詛咒。咒殺之類的反倒是和「八仙」敵對的ＩＰＵ「七聖仙」更為擅長。不過只要知道姓名，就能當成金鑰輕鬆找到對方的所在處。

只不過，在對方堅守特定場所不會移動的這種狀況，不太需要這種找出藏身敵人的技術。呂洞賓報上代號並且要求遼介自我介紹，是進行近身戰之前的慣例以及老毛病。

面對架起刀子的呂洞賓，遼介將拳頭舉到面前，側身讓右半身向前。說來不巧，他準備的武器只有剛才報廢的特殊警棍。

相對的，他在這個階段就發動「反應護甲」。他從皮膚的感覺就知道呂洞賓是連一瞬間都不能掉以輕心的對手。

遼介與呂洞賓互瞪。兩人旁邊的不遠處，真由美正在和蘿拉對峙。

真由美與蘿拉之間的唇槍舌戰已經改變為魔法攻防。蘿拉的詛咒被真由美反彈，真由美的冰彈打在柏油路面。

這成為了信號。呂洞賓拉近間距刺出刀子。雖然速度快得令人瞠目結舌，卻不到視線跟不上的程度。

遼介試著以左手將對方持刀的右手往外撥。

但是他的左手揮空了。呂洞賓在前一剎那收手。

呂洞賓將收回的刀子改變角度再度出招。

瞄準腹部的突刺。

遼介右掌拍向呂洞賓右前臂內側，偏移突刺的軌道，進而踏出右腳，右手肘頂向對方胸口。

但是沒傳來手感。呂洞賓左腳向後收，張開身體，減輕肘擊的威力，然後以右手的刀子砍向遼介脖子。

遼介放鬆右膝蓋，主動倒下讓身體往左翻，以左手抓住呂洞賓的右手。隔著「反應護甲」無法好好控制力道，不過現狀不必擔心這種事。

遼介以捏碎手臂的心態伸出手，卻只抓到外套的袖子。他就這麼隨著倒下的力道，將呂洞賓捲入自身的旋轉。

袖子撕裂，呂洞賓在半空中飛舞。大概是主動被遼介摔出去吧，他以貓咪般的動作降落在溼透的路面。

遼介也毫無瞬間的停頓就平順起身。

遼介與呂洞賓再度互瞪。

蘿拉的攻擊接連襲擊真由美。相對的，真由美沒能把握蘿拉的所在處。

（這樣下去的話……）

真由美精神上被逼入絕境。

其實並不是完全無計可施。即使不知道對方躲在哪裡，也有方法可以讓攻擊命中。

真由美只是不擅長廣域攻擊魔法，並不是不會使用。

（……嗚！又……）

蘿拉的攻擊逐漸增強力道。雖然攻擊的間隔時間變長，不過這也證明對方看透「即使多花時間準備也沒關係」。

真由美沒有針對精神干涉系魔法或詛咒展開護盾的技術，只以泛用性的「領域干涉」與「情報強化」防守，也就是憑著硬實力苦撐。由於不是使用最佳化的技術，所以消耗劇烈。

敵方魔法威力提升，自己的消耗也很劇烈。要是持續現狀，勝負顯而易見。真由美不打算心甘情願接受這種結果。

「遠上先生，你有使用那種護盾嗎？」

真由美不看遼介高聲大喊。

「有！」

只傳來這個簡短的回應。看來遼介那邊也沒有餘力。

如果那邊陷入苦戰的話就抱歉了。真由美如此心想，但是她已經下定決心。

「我話先說在前面，對不起！」

所以真由美大聲為接下來要做的事情謝罪。

真由美突然大聲詢問是否已經展開護盾，也就是展開「反應護甲」，但遼介無暇轉身回應。

他光是應付呂洞賓操控的四把刀就沒有餘力，視線連一瞬間都不能移開。

呂洞賓射出匕首。利刃朝臉部飛過來，遼介轉頭閃躲。

但是遼介沒有在這時候停止動作。他後退躲開水平揮出的刀子，雙腳著地之後往旁邊跳。

剛才躲開的匕首，逆向穿過他剛才著地時的頸部位置。

另一把利刃像是擦身而過般襲擊遼介胸口。他以包覆個體裝甲魔法的左手擊落。利刃即將掉到路面之前向上彈，狙擊遼介的喉嚨。

呂洞賓的魔法是遙控刀子與匕首。而且不只是射出利刃，還配合親手操控的刀子合作出招。

遼介已經察覺這種遙控是經由虛擬的線來進行。呂洞賓的戰法是將繩鏢術運用在魔法。這是在直型飛刀「鏢」的根部綁上繩索操控的東亞大陸武器術。他不是以繩索，而是以魔法線重現。

因為是沒有實體的線，所以遼介無法當成實際的繩鏢那樣將繩索捲起來或砍斷，藉以打亂飛刀的軌道。而且能自由變換刀尖方向也是魔法特有的優勢。

相較於以念動力發射刀子的技術，自由度或許略遜一籌，不過如果搭配匕首術一起攻擊，這種戰法可說是絕對比較棘手。

對方操控的利刃，目前沒有貫穿「反應護甲」的威力。

但是完全無從保證即使中招也沒問題。不能忽略這可能是對方想讓這邊掉以輕心的幌子。

所以現在的遼介即使有人叫他也無法回頭，頂多只能回應一聲「有」。

看來真由美也是聽到這聲回答就已經足夠。

他回應的下一瞬間，強力的魔法氣息就隨著謝罪的話語覆蓋上空。遼介不禁分心，幸好呂洞賓似乎也一樣。以魔法操控的利刃速度打了折扣。

然後，冰雹彈幕從天而降。

遼介回應真由美問題的話語只有非常短的一個字，但是這個回答清楚到沒有誤解的餘地。

真由美首先使用移動魔法，將倒地的五名警衛拉進以她為中心的半徑兩公尺圓形範圍內，然後建構新的「冰雹暴風」魔法式。

目標是不包含自己身邊兩公尺範圍，半徑二十公尺的圓形區域。形狀像是開了洞的甜甜圈，應該說更像貝果。這是將視角設置在上空的二次元瞄準。

由於經常使用多視角遠距透視的三次元瞄準，所以真由美在某方面來說自認不太懂如何以二次元瞄準進行廣域攻擊。不過在這裡再次強調，她只是「自認不太懂」以及「不擅長」，並不是「做不到」。

下個不停的雨，空氣中的溼氣，淋溼柏油路面的水。

真由美以這一切生成冰的子彈，從空中向下射擊。

冰雹不只是打在柏油路面，還在各處打出淺淺的凹洞。這種二次被害也是真由美猶豫使用廣域無差別魔法的理由。

遼介全身也沐浴在冰雹的暴風中。但他看起來沒特別覺得痛。即使是打入柏油路面的冰彈，對於他的「反應護甲」也不管用吧。

遼介交戰的對手呂洞賓躲到櫸樹下避難。然而冰雹甚至襲向櫸樹樹蔭。

冰之子彈不只是在上空生成，也從接近地表的水氣製造。從樹葉滴落的水珠也不例外。正常躲雨的方式面對「冰雹暴風」派不上用場。

遠遠看過去沒發現呂洞賓有受傷。衣服被打出洞，所以或許使用了將皮膚硬化之類的魔法。而且，呂洞賓躲雨的櫸樹後方發出哀號。

真由美將「多重觀測」朝向櫸樹後方。

蘿拉雙手護住頭部蹲在該處。她的雙手在流血。真由美的攻擊給予了有效打擊。

認知到這裡的時候，真由美突然感到雙手劇痛，發出不成聲的呻吟往前傾。她痛到站不穩，好不容易撐下來沒跪倒。

因為淚水而模糊的視野沒看見傷口，只有像是被掏挖的痛楚。

（這是……什麼……）

她猜測這應該是蘿拉的反擊，卻不知道具體來說受到什麼攻擊。

這是魔女的自動報復魔法「復仇的三女神」。回溯魔法式投射的路徑，將自身受到的痛苦反射回去的魔法。如果套用古代的基準，會歸類為「詛咒回送」的一種。

這個魔法造成的痛楚原本會強烈到反映在肉體（幻痛會強烈到實際讓人受傷），幸好這次的「冰雹暴風」是廣域無差別的魔法，並不是直接瞄準蘿拉的魔法，所以反射的痛楚也只有一部分傳達給真由美。

然而疼痛程度已經足以妨礙真由美的追擊。

蘿拉踉蹌跑走。

真由美甚至沒有餘力以「多重觀測」追尋她的去向。

與其說是冰雹更像是冰之子彈。與其說是降雹更像是冰之彈幕。

實際時間不到十秒。

然而遼介覺得像是持續槍擊長達一百倍以上的時間。

折斷的行道樹枝葉散落在道路上，路面被打出無數小洞。這附近肯定必須全面重鋪柏油。

大概是因為冰之彈幕垂直向下射擊，行道樹雖然被削掉樹皮，卻沒有任何一棵樹倒下。

遼介自己沒受到傷害。「反應護甲」完全擋下冰之彈幕。雖然他反射性地停下腳步，不過只要有這個意願，即使在降雹的狀況下肯定也能毫無阻礙自由行動。

認知現狀到這裡的時候，遼介被慌張心情襲擊。

在冰雹彈幕之中，他的注意力完全從敵方移開。說不定敵方的利刃會在這一瞬間命中我——這種危機感湧向遼介內心。

遼介連忙尋找呂洞賓的身影，幸好因為降雹毀損的路燈不到一半。雖然光源變得零星，視野還是確保模糊的亮度。

呂洞賓背對行道樹，以雙手保護臉部，縮起身體擺出防禦姿勢。雖然過於昏暗不知道細部狀況，不過看起來是大好機會。

遼介如此心想的同時，身體就採取行動。雖然距離呂洞賓背靠的行道樹有七到八公尺，遼介卻在須臾之間拉近到攻擊間距。

大概是察覺到這股氣息，呂洞賓也解除防禦姿勢抬起頭，然後接連將刀子與匕首射向遼介。

遼介沒有閃躲。

他的魔法護盾將極近距離投擲的兩把利刃彈開。

呂洞賓恐怕是預測遼介會和至今一樣閃躲飛刀吧。在遼介踏到跟前的時候，他的反應瞬間慢半拍。

即使如此，呂洞賓還是試著以右手所握的刀子，刺向遼介側身揮出的右拳。

遼介中斷攻擊，張開右拳撥開呂洞賓的右手臂。

呂洞賓立刻以左手握刀攻擊。

遼介將踏出去的右腳更加用力踩踏地面，翻轉右手擋住呂洞賓的左手臂。

然後筆直打出左拳。

目標是胸口中央的要害「膻中」。

不過對方也不會輕易讓他打中要害。

呂洞賓扭動上半身閃躲，結果遼介的拳頭命中胸骨偏左的位置，對於對方來說是右胸。

打斷肋骨的觸感傳入左拳。

強烈的突兀感使得遼介停止動作。

身披「反應護甲」的時候，通常不會得到觸感。隔著魔法鎧甲感覺得到抵抗或是壓力，卻不會傳來對方骨折的觸感。

（我的「反應護甲」居然被對方解除了……？）

當然不是遼介自己解除的。

即使還在戰鬥，個體裝甲魔法卻被解除。

不是裝甲被打破。

一反遼介自身的意志，「反應護甲」被外力解除了！

呂洞賓握刀的左手動了。

遼介對此起反應，要將右手臂的防禦下移。

但是來不及。

刀子刺進遼介的右側腹。

要將刀子插得更深的動作，被介入的右手臂阻止。

呂洞賓放開左手的刀子，踉蹌鑽出被遼介與行道樹包夾的困境。

呂洞賓按著右胸逃走。

逃走的速度絕對不算快。他的腳步雜亂。

然而按著右側腹的遼介在原地動彈不得。

Road to Shambhala

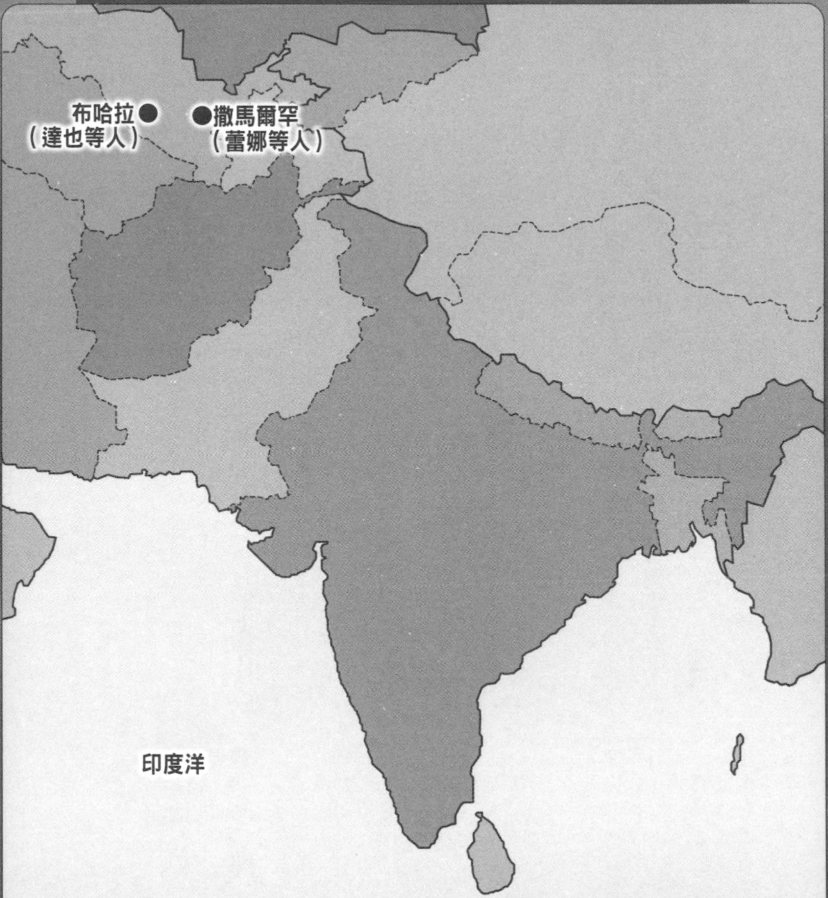

The irregular at magic high school Magian Company

【6】中斷

烏茲別克當地時間八月十一日晚上。達也接到藤林撥打的衛星電話。藤林簡單問候之後告知的是FLT研究所遇襲的第一手消息。

「有人犧牲嗎？受傷狀況怎麼樣？」

『幸好沒出現死者。不過，遠上先生側腹被刺成重傷。』

「遠上先生？他的魔法裝甲被打破嗎？」

達也以盡顯意外感的語氣反問。

雖然遼介自以為瞞著眾人，不過達也擁有「精靈之眼」，已經知道遼介是「反應護甲」的使用者，也知道那個魔法來自前第十研。

那個個體裝甲魔法不會這麼輕易被打破。對於純物理攻擊的防禦力當然不用說，即使是魔法攻擊，只要是藉由物理現象進行的攻擊，該魔法肯定也具備近乎無敵的抗性。

難道是那個魔法在構造上的某個弱點被對方打中嗎？達也也知道遼介出身於失數家系。或許「反應護甲」暗藏達也不知道的缺陷，成為家系被剝奪數字的原因。

或者是敵方使用了破解魔法護盾的特殊術式。真要說的話，感覺後者比較有可能。

『詳細情形不明。他本人正在接受治療，還沒辦法詢問細節。』

「這樣啊。還有其他人受傷嗎？七草小姐沒事嗎？」

詢問和遼介搭檔的真由美是否安好，以達也的實質雇主身分來說算是理所當然。但他關心真由美是否受傷，不只是基於雇用者的責任感。

要是害得真由美受傷，就會成為四葉家對於七草家的負債。派真由美負責警備或許是錯誤的判斷。這份後悔掠過達也腦海。

『真由美小姐沒有受傷。』

所以聽到這個回答之後，達也一反平常的個性，和常人一樣鬆了口氣。

『只不過除了遠上先生，五名警衛的狀況也很嚴重。』

「妳說『嚴重』，意思是攸關生死的重傷？」

從達也反問的語氣聽不出慌張。

感覺不到情感的這種態度，通話的藤林沒有多加責備。

『不，並不是攸關生死。』

藤林也同樣鎮靜到可以形容為無情。

『五人都失去語言能力。不只無法對話，甚至是無法讀寫的狀態。由於沒有外傷，大腦也看不見出血症狀，所以推測是魔法造成的障礙。』

從藤林告知的第一句話，達也就理解到警衛發生什麼事。

「這是遠古文明的魔法『巴別』引起的症狀。」

『……您知道原因嗎？』

「這是在我先前渡航的美國西岸，ＦＡＩＲ成員使用的魔法。這個症狀有傳染性，所以請以魔法手段隔離這五人。」

『——知道了。我立刻安排。』

藤林回應時的聲音藏不住……更正，沒隱藏責難的語調。大概是不滿達也沒共享這個情報。

「出現『巴別』犧牲者的這件事，請通知夕歌小姐。她知道治療方法。」

『連絡津久葉小姐就好吧？我明白了。』

關於「巴別」的情報，達也不只向真夜報告，也有繳交詳細的報告書給本家。此外，關於如何去除「巴別」影響的方法，達也已經直接告訴擅長精神干涉系魔法的夕歌。肯定可以防止被害程度擴大。

應該預先警告藤林與真由美提防「巴別」才對——一邊如此心想一邊結束通話的達也雖然沒說出口，卻承認自己失策而反省。

其實早就足以預測到蘿拉・西蒙已經使用「導師之石板」習得「巴別」的可能性。收到她潛入日本的報告時，達也之所以沒想到這個風險，應該是因為過於專注尋找香巴拉吧。

幸好沒有演變成「巴別」引發大規模被害的事態。這一點可說是運氣好。雖然這麼說，但也不能放任使用「巴別」的蘿拉・西蒙與破解「反應護甲」的另一名歹徒恣意妄為。

依照狀況，可能必須暫時回到日本。

計畫被打亂，使得達也眉頭深鎖。

◇◇◇

因為計畫被打亂而眉頭深鎖的不只是達也。看完烏茲別克當地情報員送來的報告書之後，卡諾普斯一邊嘆氣，一邊躺在椅背仰望天花板。

「訓練不足……經驗不足……不對，不是這種程度。根本就不適合嗎？」

不禁脫口而出的自言自語是怨言。

卡諾普斯再度看向報告書。報告內容是關於他派遣到ＩＰＵ的伊芙琳。

上面寫著她在撒馬爾罕引發的騷動詳情。

（為什麼會冒出先下手為強的想法……）

這次卡諾普斯不是自言自語，而是在內心呻吟。就算是被人跟蹤，在潛入的外國主動挑起和任務無關的戰鬥，以他的常識來看簡直匪夷所思。

（這個情報員也不知道在想什麼。為什麼沒阻止……）

從報告書嗅得出置身事外的立場。簡直是考官或評論家的寫法。旁觀視角或許是情報員不可或缺的資質，不過這次的報告難免令人覺得是欠缺責任感。

（但我聽說他是資深的情報員……）

看來是擅長逃避責任的那種「資深」。第一次在國外出任務的伊芙琳不適合搭配這個人選。不，如果要將人選視為問題，不得不說包括派遣的伊芙琳在內都是不適合的人選。

說起來，作戰本身也沒有充分推敲。必須承認自己太小看當地情勢——卡諾普斯在反省的同時如此思考。

然後他決定中止並且重新擬定作戰，還要召回伊芙琳。

◇　◇　◇

襲擊事件的隔天，藤林探視住院的遼介。真由美也陪同前來。

「看來手術順利成功了。我稍微鬆了口氣。」

藤林對清醒的遼介這麼說。遼介眼睛炯炯有神，看來麻醉的藥效退了。

「不好意思，我失敗了……」

遼介心有不甘扭曲表情。感覺還是多少留下痛楚。

「居然說失敗，別這樣。沒有任何東西失竊，也擊退了歹徒不是嗎？」

真由美向遼介說出安慰的話語。

「……警衛他們現在怎麼樣？」

「傷勢沒什麼大不了的。魔法方面的影響也已經處理完畢。」

藤林老實回答遼介的問題。

當時真由美將警衛放在「冰雹暴風」的範圍之外，被「巴別」麻痺的語言能力，也因為夕歌去除了固定在左顳葉的魔法式而回復。

「需要住院的只有遠上先生。」

「這樣啊……」

遼介表情再度一沉。

真由美開口想鼓勵遼介。但是藤林說得比較快。

「你也對敵方魔法師造成足夠的傷害，所以才得以擊退吧？」

「……當時有打斷肋骨的手感。」

「那就是兩敗俱傷吧。」

「是這樣嗎？」

「我這麼認為。」

那是以客觀角度指出事實的語氣。和藤林的這段簡短對話，使得遼介察覺明明沒輸卻覺得輸的這種心態，就某種意義來說是自以為是。領悟到背後隱藏著「沒贏很丟臉」的想法。

自己並不是最強的。不可能百戰百勝。他想起這件理所當然的事。

雖然沒成為慰藉，不過遼介消沉的心情平穩下來了。

「話說回來，居然能以刀子貫穿遠上先生的魔法護盾，可見對方不是普通人。你心裡對他的真實身分有底嗎？」

「……就算問他的真實身分，但我對於魔法師社會不熟……這麼說來，那個男的說自己叫做『呂洞賓』。」

「呂洞賓嗎……」

藤林曾經被視為擁有古式魔法師血統的兵力，隸屬於運用現代魔法的特殊部隊，這個經歷使她對於現代魔法師與古式魔法師都很熟悉。她立刻聯想到遼介說的是東亞大陸傳說中的仙人「呂洞賓」。

「護盾被破的時候是什麼感覺？」

藤林再度發問。

遼介皺眉思考。側腹開完刀還沒經過半天。大概是戰鬥與手術消耗體力，遼介的表情看起來有點吃力。

不過藤林就這麼注視遼介等待回答。無視於真由美以眼神要求中止。

真由美是真的前來探視，但藤林的主要目的是查問。必須儘可能查出敵方的底細。既然現在的情報來源只有遼介，那麼即使他是傷患也必須問個追根究柢。

「……應該不是護甲被刀子刺穿。」

藤林說「護盾」，遼介說「護甲」，但這意味著相同的東西。一般的名稱是「魔法護盾」。遼介是將「反應護甲」簡稱為「護甲」。

「我打中他胸口的下一瞬間，護甲就被消除。」

「魔法因為接觸而被強制解除？……是中和嗎？」

「中和？」

遼介複誦反問。

藤林的表情看起來像是心裡有數。但她只回答「不，沒事」。

查問害得遼介疲累，藤林為此向遼介道歉，然後離開病房。

單人病房裡剩下真由美與遼介兩人。室內開始洋溢尷尬的氣氛。

氣氛不是甜蜜而是尷尬，這部分有點可惜。

「那個，呃……七草小姐沒受傷嗎？」

遼介有點慌張地搭話，是因為預料到這股沉默將變得難以承受。

「是的，我沒事。託你的福……」

真由美看起來像是稍微鬆一口氣，也是同樣的原因。

「對上蘿拉・西蒙居然能全身而退，真了不起。」

「不，這是因為遠上先生負責對付更棘手的對手。」

真由美逐漸取回自己的步調，朝遼介露出「七草家千金小姐」的笑容。

遼介心目中第一名的女性是蕾娜。但他對蕾娜表現的情感是超過好感的崇拜。因為看在眼中過於神聖，所以別說當成戀愛對象，甚至沒把蕾娜當成擁有肉身的凡人。

真由美這張洗練的假笑，不像蕾娜那種高雅又純樸的真摯笑容，有一股計算過的魅力——魅惑之力。

真由美沒有誘惑遼介的意圖。她的「假笑」已經洗鍊完美到不必刻意假裝的程度。

遼介突然結巴，真由美就這麼掛著笑容微微歪過腦袋。這個「看似」純真的動作，也充滿她為了博得對方好感而鑽研的技巧。真由美當然不是曾經進行「微微歪過腦袋」的練習。只不過是她在舞蹈課與禮儀課磨練的言行舉止反映在這樣的一舉一動。

「難道你覺得不舒服嗎？」

真由美說著彎腰注視遼介雙眼。她應該只是想確認遼介是否偷偷忍痛。

不過對方從上方將臉湊過來，以平常因為身高關係總是俯視的這一方來說會不太自在。如果對方是迷人的異性，這份害臊會變得難以承受。

遼介基於自然的反應（？）移開目光。

但是撇頭的話過於明顯，有點尷尬。感覺這麼做對於表達關心的真由美很失禮。所以遼介沒轉頭，將視線下移。

結果映入視野的是和嬌小身軀不搭的豐滿胸部。

並不是看見肌膚。即使在盛夏，真由美依然穿著露出程度不高的短袖上衣。

然而就算露出程度不高依然是夏季服裝。布料雖然沒透光卻很薄。距離這麼近，即使不願意也會看出內衣包覆的胸型。

遼介連忙閉上雙眼。

這個反應使得真由美終於察覺自身姿勢造成的影響。

真由美慌張挺直身體，像是遮住胸部般舉起雙手，害羞臉紅。

每個動作都嬌媚動人，令遼介更加坐立不安。

說到坐立不安，真由美也大同小異。大概是終於受不了，真由美不自然地開口告辭之後匆匆離開病房。

◇◇◇

烏茲別克的布哈拉。當地時間八月十二日上午九點。日本時間同一天下午一點。

達也以衛星電話接受藤林的報告。

「……原來如此。接觸到護盾就將其消除是吧。」

他聆聽的是藤林在醫院查問遼介的結果。

『感覺或許是以反相位的想子波中和。』

達也回答「我有同感」附和藤林的推測。

「剛才說敵人自稱是呂洞賓……」

然後再度確認敵方的真正身分。

『是的。應該是「八仙」吧。』

大亞聯軍的特殊任務部隊，以古式魔法師戰鬥員組成的精銳團隊「八仙」。獨立魔裝聯隊還是大隊的時候就將其標記為必須注意的集團。當時隸屬於獨立魔裝大隊的達也沒得到詳細情報，只知道概要。即使是現在這個時間點，關於「八仙」的情報應該也是藤林比較清楚吧。

「也就是大亞聯盟注意到ＦＡＩＲ了嗎？」

『據說ＦＡＩＲ是和大亞聯盟敵對的顧傑私下創設的組織，所以是基於以前的交情吧。大概是透過這次協助他們從警方手中逃亡的華僑人脈接觸的。』

「恐怕就是這麼回事。不過在這次事件成為問題的不是ＦＡＩＲ。」

『我認為您說得沒錯。』

這次是藤林附和達也的指摘。

『活動區域位於大亞聯盟西側的「八仙」為什麼和美國的ＦＡＩＲ合作？為什麼企圖在日本搶劫？實在猜不出他們的目的。』

「接下來也只是臆測，不過可能是對於ＦＡＩＲ挖掘到的遠古文明魔法感興趣。」

對於藤林的困惑，達也提出一個假設。

『他們的目的是遠古文明魔法「巴別」？』

「如果是這樣，這次襲擊之所以動用到『巴別』，或許也是呂洞賓誘導的結果。」

『所以呂洞賓協助襲擊ＦＬＴ的目的是要觀測「巴別」？』

「只要這麼想，就可以解釋他果斷撤退的原因。」

達也將肋骨骨折的撤退形容為「果斷」。

藤林在一瞬間覺得突兀，卻重新心想「如果是精銳特務部隊，光是這樣就撤退確實奇怪」。

和藤林結束通話之後，達也就這麼以衛星電話撥打另一個號碼。

鈴聲連續響了三次，四次，數到第七次都還沒接通。

日本時間是下午一點多。或許是工作忙得不可開交。

剛好在達也心想「晚點再打吧」的時候，有人接聽了。

『不好意思，讓您久等了！我是文彌。』

從電話傳來的文彌聲音感覺得到慌張。達也心想他果然很忙的樣子。

「你好像很忙。這邊才要道歉。我晚點再打，告訴我什麼時間方便吧。」

『不，沒關係！請問有什麼事？』

從文彌聲音感覺到的慌張更加強烈。達也心想「該不會在逞強吧」，但他也是有事才會打這通電話，所以決定放下顧慮。

「我想你知道ＦＬＴ遇襲的事件。」

『啊，是的。我嚇了一跳。如果由我們警備，就不會放任歹徒逃走了……』

「想請你協助那個事件的後續處理。抱歉在你還有任務在身的時候這麼要求……」

『和大亞聯軍的特務有關吧？那麼您這邊的優先程度比較高。抓到犯人就好嗎？』

文彌充滿幹勁。積極到可以形容為性急。

「不，由我來抓。因為我想確認一件事。」

『知道了。那麼這邊立刻著手搜索。』

達也還沒說出委託內容，文彌就理解達也的要求。

『對象是呂洞賓與蘿拉．西蒙兩人吧？』

「不，只要呂洞賓就好。蘿拉．西蒙的話不用管她。」

不過說來可惜，看來並非完全心有靈犀。

『您認為呂洞賓與蘿拉．西蒙分頭行動嗎？』

「機率一半一半。不過即使我們沒行動，古式的術士也不會放任蘿拉．西蒙吧。」

達也以隱含揶揄的語氣說。

『說得也是。因為對於各傳統門派來說，魔女是「有害外來種」。』

文彌以正經八百的聲音回應。

然後兩人隔著衛星電話線路齊聲發笑。

◇◇◇

達也是在飯店客房的陽台使用衛星電話。打完兩通電話的達也回到房內一看，不只是同房的兵庫，深雪與莉娜也在。

「達也大人，請問是藤林小姐打來的嗎？」

對於深雪的詢問，達也回答「沒錯」點點頭。

「關於昨天的襲擊事件，她向我報告從遠上那裡聽聞的結果。」

然後補充這句話。

「犯人果然是ＦＡＩＲ那群人嗎？」

這次是莉娜心急詢問。

「襲擊的犯人是雙人組。一人是ＦＡＩＲ的蘿拉・西蒙，另一人自稱是呂洞賓。」

「呂洞賓？是華人嗎？」

「真實身分恐怕是大亞聯軍的魔法師特務。」

「ＦＡＩＲ和大亞聯軍合作？」

深雪露出吃驚的樣子。

「恐怕是。」

「到底是怎麼做的？」

莉娜看起來很憤慨。

聽完下一句話就知道她生氣的原因。

「西岸容許特務入侵了嗎？」

無法想像FAIR有管道向大亞聯軍求助。比較妥當的推測是大亞聯軍這邊派出特務接觸逃亡中的洛基・狄恩或蘿拉・西蒙。換句話說這意味著大亞聯盟的特務成功潛入USNA西岸。

「應該是使用了華僑人脈吧。USNA沒有全面管制也沒有鎖國，要完全防止外國勢力入侵並不實際。」

「這……是沒錯啦……」

被達也安撫之後，莉娜暫且冷靜下來。

「這個呂洞賓會使用不容小覷的魔法技能。」

「是特殊的魔法嗎？」

深雪已經回復平常心。她以沉穩的語氣詢問達也。

「遠上的個體裝甲魔法失效了。」

「……這有什麼好在意的？」

莉娜一副詫異的樣子。大概是不知道達也把什麼事情視為問題吧。

「遠上的個體裝甲魔法是前第十研開發的。只看強度的話匹敵『連壁方陣』。」

「……所以呢？」

「十文字家的『連壁方陣』是十師族最強的防禦魔法。遠上先生與其匹敵的個體裝甲魔法既然失效，就代表十師族的魔法無法防禦呂洞賓的攻擊……達也大人，您是這個意思吧？」

達也還沒回答莉娜的疑問，深雪就先試著推測答案。

「原來如此。」

莉娜接受深雪的推理。

「不只是這樣。」

不過對於達也來說，正確答案不只這一個。

「讓遠上的個體裝甲魔法失效的方法也很重要。為了防備將來可能和擁有相同技術的敵人交戰，必須知道底細才行。」

「……您要親自戰鬥嗎？」

深雪詢問的聲音透露著內心難掩的不安。

「我是這麼打算的。」

反觀達也的表情沒有迷惘。也當然（可以這麼說吧）看不見不安。

「在不知道魔法失效手段的狀態對決，這樣不會很危險嗎？」

「並不是完全不知道。我大致猜得到端倪。」

「是這樣嗎？」

「恐怕是應用詛咒回送技術的中和。」

「詛咒回送……？」

「中和……嗎……？」

莉娜與深雪一起歪過腦袋。

但是達也沒有繼續詳細說明。

◇　◇　◇

面對板著臉的伊芙琳，蕾娜感到緊張。

場所是撒馬爾罕的飯店。造訪房間的伊芙琳表示「有話要說」，蕾娜邀她入內。

即使勸坐，伊芙琳也遲遲沒要坐在椅子上。蕾娜也不得已就這麼站著。

房內只有她與伊芙琳兩人。

蕾娜開始覺得喘不過氣。

「剛才，我收到本國的歸隊命令。」

伊芙琳終於開口了。內容出乎蕾娜的預料。

不過，仔細想想就覺得沒什麼好詫異的。前天在市內造成了那種騷動。

雖說是行人不多的郊外，但在潛入的外國市區以魔法互射，即使演變成外交上的問題也不奇怪。不，或許即將演變為外交問題。

「費爾小姐，妳要怎麼做？」

蕾娜默默反覆眨眼。問題的內容過於意外，她一時之間沒能回答。

「……當然是回國。我們沒理由留在這個國家。」

經過不算短的沉默之後，蕾娜好不容易擠出這句回答，使得伊芙琳緊繃的表情動了，然後像是想起一時忘記的事情般，露出「啊！」的表情。

實際上應該是一時忘記了吧。蕾娜是被伊芙琳當成入境ＩＰＵ的藉口，才被帶來撒馬爾罕。如果伊芙琳記得這個事實，肯定不會問「我要回國，妳要怎麼做？」＝「我要回國，妳要留在這個國家嗎？」這個問題。

「說得也是……恕我失禮了。回程機票我會請領事館準備。」

伊芙琳的態度恭敬得判若兩人。

大概是受到相當嚴厲的責罵吧……蕾娜有點同情。

◇ ◇ ◇

達也委託調查的第二天晚上，他提早吃完晚餐剛回到房間的時候，接到告知呂洞賓藏身處的電話。

「已經查到了嗎？雖然是老套的稱讚，不過真是了不起。」

『就算老套，只要是達也先生的稱讚，我都會樂於接受。不過請容我說一件事。為什麼總是打電話給文彌？偶爾打給我也可以吧？』

在衛星線路另一頭表達不滿的是亞夜子。

「抱歉我沒察覺。下次我會拜託妳。」

『一言為定喔。』

雖然說話方式高傲冷淡，不過從電話機傳來的亞夜子音調，給人一種想藏起愉快心情卻藏不住的印象。

『所以，關於呂洞賓的潛伏地點……』

亞夜子將語氣切換為工作模式，報告調查結果。

「……西川口嗎？要說意外也不會。」

前埼玉縣南部的西川口。聽到這個地名，達也自言自語般呢喃。

五年前發生大亞聯軍侵略事件，使得橫濱一帶對於漢人或華僑的戒心達到頂點。中華街也被嚴格看管，商店與餐廳的顧客沒有回流。

不只是中華街，鶴見到橫須賀這一大片區域都維持這個傾向。考慮到這種隱情，大亞聯盟特務不是選擇東京灣岸而是選擇潛伏在內陸或許是妥當的做法。

『然後，關於蘿拉・西蒙……』

「沒找到嗎？」

從亞夜子突然結巴的語氣，很容易推測後續的話語。

『看來正如達也先生所說，正在分頭行動。』

亞夜子聲音裡的懊悔心態不是因為沒能找到蘿拉，而是因為內心被達也看透。

「我也對文彌說過，現在以呂洞賓為優先。麻煩好好監視別跟丟了。」

『這我們當然明白。』

「我明天會回去那邊一趟。」

『我們等您回來。』

從陽台回到室內的達也向兵庫搭話。

「您叫屬下嗎？」已經站起來的兵庫如此回應。

「明天中斷調查，暫時回國一趟。」

「遵命。請問行李要怎麼處理？」

「請直接留在飯店。」

「屬下會這麼安排。」

達也朝著低頭的兵庫點頭之後，拿起復古風格的話筒，撥打內線電話到隔壁房間。

『達也大人，請問有何吩咐？』

在隔壁房間拿起話筒的是深雪。

「我要討論明天的事，抱歉可以帶莉娜來我房間嗎？」

聽到深雪回應『遵命』之後，達也放下話筒。

經過約五分鐘之後，深雪與莉娜兩人來到房間。

晚來的原因立刻揭曉。兩人明顯補了妝。

達也當然不會因為五分鐘左右的時間就責備她們。他讓兩人坐在桌前，請兵庫準備飲料。

「知道呂洞賓的下落了。明天要中斷調查。」

香巴拉探索計畫早就已經預定中斷，所以深雪與莉娜都沒有吃驚的樣子。

「要回到日本嗎？」

深雪這個問題也是為了確認。

「會經由高千穗降落到巳燒島。」

在達也回答的時間點，兵庫將飲料放在三人面前。他準備的是綠茶。

「兵庫先生。」

兵庫分送茶水完畢之後，達也開口叫他。

「是，達也大人。」

「討論完之後，可以請你開車到先前領取太空衣的空地嗎？」

「屬下謹遵您的命令。」

兵庫一如往常恭敬低頭。

「請問我也可以一起去嗎？」

「我們當然也會一起去吧？」

以相似眼神要求同行的兩人，即使長相有所差異，依然像是感情很好的姊妹。現在的深雪是未婚妻，莉娜是她的好友兼護衛，不過達也覺得像是妹妹增加為兩人。感覺即使沒要帶她們一起走也會忍不住答應。

「我從一開始就打算請妳們兩人一起來。」

只不過這次他原本就預定請兩人同行，所以事情這樣進行比較省時。

◇ ◇ ◇

當地時間下午十一點。達也在烏茲別克的科貢郊外空地仰望星空。廂型車改造而成的露營車停在他背後。

他的服裝是緊身式的太空衣。貼合身體的連身服，與其說是工作服或潛水服更像是賽車服，進一步來說，給人的印象是身穿特攝戰隊的戰鬥服再戴上防火服的兜帽。

露營車後廂門開啟的聲音引得達也轉身。

走出來的是和達也穿著相同太空服的兩個人影。貼合身體的連身服描繪優美的身體曲線，可見兩人是女性。和兜帽一體化的不透明護目鏡遮住臉蛋，不過只以輪廓就洋溢美女氣場的這兩人是深雪與莉娜。

「看來尺寸沒問題。」

接近到可以對話的距離之後，達也向兩人搭話。不過兜帽是完全氣密的設計，所以是經由通訊器對話。

『那個……會奇怪嗎？』

耳邊傳來深雪的聲音。感覺像是在相互依偎的距離呢喃。

對方是深雪所以沒有突兀感，不過如果換個對象或許會覺得有點怪。達也如此心想。

「不，沒有任何奇怪的地方。完全是太空人(astronaut)。」

從歷史來說，「astronaut」的原意是「在美國訓練的太空飛行士」，不過達也是以通俗的譯法使用這個詞。

『那我呢？』

耳邊傳來的莉娜聲音，果然帶來奇妙的感覺。

「莉娜當然也一樣，完全不覺得突兀。」

只有聲音例外。達也補充這句沒說出口的感想。

太空衣是用來在太空船外部活動的工具。在長達一世紀以上沒派人前往外太空探查天體的現狀，要說是用來進行太空漂浮的工具也沒錯。

讓深雪與莉娜穿上這種太空衣的理由當然無須多說吧。

「這就是宇宙吧……！體感和飛行魔法很像……不行。實在無法以言語形容……」

深雪感慨至極說不出話。

「啊哈！這就是宇宙！我以前就想來看看耶。超棒的！啊哈哈哈哈！」

莉娜興奮過度，情緒變得怪怪的。

達也會心一笑看著這樣的兩人。

眼前是黑夜的地球。背後是巨大的衛星軌道居住設施。四面八方是浮在黑暗宇宙的星星。三人以「虛擬衛星電梯」來到高千穗前方。

「喜歡宇宙嗎？」

有人透過通訊機搭話，引得深雪與莉娜轉身向後。雖然太空沒有踏腳處，不過太空衣附加飛行魔法演算裝置，因而可以隨心所欲行動——此外達也在對方搭話之前就已經轉身。

「光宣！」

「光宣！太空衣呢？」

轉身的深雪與莉娜驚愕到大喊。

光宣穿著便服站在太空。

「每次都要換穿很麻煩的。」

只不過，她們立刻擺脫驚訝心情。

即使看見聳肩的光宣也不覺得傻眼。因為要是長期住在這裡，她們肯定也會和光宣一樣不想每次都換穿太空衣。

在反物資抗輻射的護盾內側填充空氣再來到「戶外」。不只是光宣，以深雪與莉娜的魔法技能也不難做到這種事。

「……這裡確實是絕景，不過差不多該進來了吧？」

光宣雙眼看向達也，不過這段話明顯是向深雪與莉娜兩人說的。

達也、深雪、莉娜、光宣等四人圍坐在高千穗居住區域的某張桌子。

「請用。」

水波逐一在四人面前擺放飲料。是倒在杯子裡的咖啡。深雪與莉娜的咖啡加了奶泡。

「真的可以過著和『下面』一樣的生活耶……」

拿起咖啡杯的莉娜，懷著佩服的心情感慨低語。

這個高千穗的居住區域利用人造聖遺物「儲魔具」儲存的重力魔法，和地面一樣維持1G的重力。氣壓也是1atm（一氣壓）。感覺待在裡面會忘記這裡是宇宙。

深雪也有相同的想法。

兩人都知道達也就是以這種方式設計這個設施。不過實際體驗就發現這個環境和地面相似到出乎預料。

「光宣，還有水波也是，抱歉在這種時間打擾你們。」

光宣他們是配合日本時間生活。現在的日本時間將近凌晨四點。雖說已經預先知會，卻無疑是造成困擾的訪問時間。

「不會的，請各位無須在意。」

水波搶先光宣，以一如往常的恭敬態度回應。

「我們反倒很歡迎各位光臨。尤其是水波小姐滿心期待，等不及想見到各位。」

接著光宣立刻補充說明。

「光宣大人！」

水波臉蛋變紅出聲抗議。不過這明顯不是因為生氣而臉紅，是因為害羞。

水波忿恨看向光宣，光宣愛憐地注視她做為回應。充滿愛情的眼神令水波的臉愈來愈紅。

水波先移開視線。

光宣的眼神隱含更強烈的愛意，他下意識露出溫柔的笑容。

只不過——他的從容只維持到這裡。

「……看來兩位進展得很順利。我也好高興。」

一旁傳來的深雪話語，使得光宣的臉也火紅到不輸水波。

眾人在十分鐘後再度開始討論，應該說終於進入正題。

「下次接近日本的時間點，我們要降落到巳燒島。」

「知道了。我會調節軌道配合。」

高千穗在固定高度可以分別朝著南北方向變更軌道約三十度。不是以推進器變更軌道，是使用和飛行魔法相同原理的魔法變更軌道。以魔法改寫的事象會受到復原力的作用，經過一定時間自動回歸到原本的軌道。

「敵方魔法師呂洞賓那裡由我一個人去。深雪與莉娜在巳燒島待命。」

聽到達也這段話，光宣朝深雪與莉娜投以「這樣可以嗎？」的眼神。

深雪收起表情表達「雖然不接受，但是會乖乖聽話」的意志，莉娜以下垂眉角的無力笑容表現「不得已了」的放棄心態。

「……光宣與水波也一起下去吧？與其只是等我回來，這樣深雪她們也會比較快樂吧。」

達也眼尖看見光宣、深雪與莉娜的眼神交流，提出預定以外的方案。

「啊，不，我想想……」

光宣視線游移。

「……既然這樣，只有水波小姐過去叨擾可以嗎？」

光宣稍微思考之後提出這個要求。

達也看向深雪。

「達也大人不在的話，男性只有光宣一人，應該也會覺得不自在吧……水波，在達也大人完成工作之前，可以來陪我們嗎？」

「方便的話，我很樂意。」

即使話鋒突然朝向自己，水波也沒慌張。

「明明光宣也一起來就好了。」

莉娜說出像是要推翻結論重新來過的感想，不過光宣掛著微笑默默搖了搖頭。

桌旁改為進行只有女性的茶會。

達也以「檢查以恆星爐為首的魔法系統」這個藉口離開現場，光宣也跟著達也過來。

不過他說的「檢查」並不是表面上的藉口。

「——雖說是在太空，不過劣化速度看來沒有加快。」

「聽你這麼說，我就放心了。」

達也逐一仔細檢視高千穗使用的人造聖遺物「儲魔具」。

所有人造聖遺物檢查完畢之後，達也向光宣提議在情報中心休息一下。那裡是高千穗前身潛艦的司令部改造而成。

光宣命令輔助用的寄生人偶「瑪姬」瞞著水波端水過來。

中性外表的寄生人偶端來兩個塑膠杯，光宣接過兩個杯子，將其中一個遞給達也。

「這次的敵人，聽說是我在西藏交戰對象的同夥。」

「雖然是推測，但是應該沒錯。」

光宣遞出杯子的時候發問，達也以推測的形式回答，語氣卻透露確信。

「對了，有件事我想徵詢你的意見。」

而且達也難得以「現在才想起來」的表情這麼說。

「請問是什麼事？」

「你在西藏和應該是『八仙』的道士交戰時，對方使用了讓魔法失效的法術吧？」

「是的。你想問這個法術的情報嗎？」

「沒錯。光宣你認為對方是怎麼讓魔法失效的？」

「我想至少不是『術式解體』或『術式解散』。」

光宣慎重回答。因為他也再三考察對方的魔法無效化術式，卻還沒得出結論。

「這樣啊。我認為可能是應用『詛咒回送』的中和術式，你覺得如何？」

「……方便我請教你這麼認為的原因嗎？」

被光宣這麼反問，達也說出從藤林向遼介問到的戰鬥情報。

「……對方是在攻擊命中的下一瞬間讓魔法失效吧？不是在魔法命中的同一時間。」

「對方應該也不是毫無防備中了那一拳。肯定有閃躲，至少也有使用減輕傷害的技術。而且也很難認定對方完全沒有鍛鍊身體防備打擊。與其說是肉身的一拳打斷肋骨，應該說個體裝甲的效果在打中的瞬間還在，這麼想會比較令人接受。」

「原來如此……消除魔法的時候有短暫的時間延遲，在無效化之前的一瞬間已經造成傷害。是這個意思嗎？」

「應該是這個傷害和拳擊重疊，立下骨折的戰果。」

「可是遠上有感受到打斷骨頭的手感吧？」

光宣也模仿達也，直接以姓氏稱呼遼介為「遠上」。

「既然這樣，時間延遲只有很短的一瞬間吧？」

「我認為這一瞬間可能是製造並且釋放反相位想子波所需的時間。」

「……這麼說來，我想起一件事。」

光宣稍微思索，挖掘記憶。

「我以『詛咒回送』反射敵方攻擊的時候，對方沒能讓我回送的魔法失效。」

「這個現象有什麼含意？」

「這是古式魔法在技術上的制約。『詛咒回送』的魔法不能再度以『詛咒回送』反射。因為要是容許這麼做，法術的威力將會無限提升。」

「──『世界不承認無限』是吧。」

「是的。這個原則也適用於古式魔法。」

達也與光宣四目相對，相互點頭。

「他們的魔法無效化術式是應用『詛咒回送』的中和術式，我覺得這個推理是正確的。」

兩人以視線相互確認解答之後，光宣重新說出口。

◇◇◇

八月十四日，上午十點。

「達也先生、深雪小姐、莉娜。各位辛苦了。水波小姐也好久不見。」

降落巳燒島的四人是由亞夜子迎接。

「妳來迎接我們嗎？」

「是的。我來帶您前往呂洞賓的藏身處。」

亞夜子朝達也嫣然一笑。

達也對此露出愧疚般的表情。

「不好意思，我想休息一下再出發。因為我昨晚幾乎沒睡。這次要和實力不明的對手戰鬥，需要好好調整身體狀況。」

「說……說得也是。知道了，我會等您。」

亞夜子也露出不好意思的表情。

◇◇◇

達也與亞夜子是在下午四點多搭乘小型ＶＴＯＬ。

順帶一提，在出發之前的這段時間，亞夜子不是獨自等待，而是和水波喝茶度過。大概是因為化為寄生物，水波不太需要睡眠也沒關係。依照當事人的說法，睡眠的有無好像不會影響到自身的表現。影響身體狀況的不是睡眠時間，而是行使魔法的累積時間。

「那我出發了。」

「請小心。」

「期待聽到你的精彩戰果喔。」

深雪始終關心達也，莉娜毫無嚴肅氣息可言，水波則是不發一語鞠躬致意。

在三人目送之下，達也與亞夜子從巳燒島起飛。

◇◇◇

離開巳燒島之後，達也首先降落在調布的四葉家東京總部大樓樓頂停機坪。

從該處搭乘黑羽家部下駕駛的自動車前往西川口。達也之所以沒有自己駕駛，是因為他現在應該不在日本才對。沒使用平常的飛行車也是相同理由。

「達也先生，您辛苦了。姊姊也辛苦了。」

下午將近六點，抵達現場的達也與亞夜子由文彌迎接。

亞夜子在迎接達也他們從高千穗降落的時候，就是夏季毛衣與薄長裙的「女大學生的便服」打扮，文彌卻不知為何穿著越南長襖（相近的服裝）。

「辛苦了。話說文彌，這是喬裝嗎？」

或許該說理所當然，越南長襖也有男用款式，所以不能光看這套服裝就問「男扮女裝嗎？」這種問題，不過達也毫不猶豫詢問「這是喬裝嗎？」應該是因為交情夠久。

「是的。這個地區的年輕居民之間流行這種服裝。」

「這樣啊。」

正確來說應該是「年輕女性之間」，文彌卻籠統說成「年輕居民之間」，但是達也沒追問，不知道是沒有察覺還是假裝沒察覺。

而且實際上，「喬裝」的效果看來沒有懷疑的餘地。和文彌打扮成類似風格的數名女性走在大街上。雖然也看得見應該是日本女性的人影，不過和觀光區的中華街不同，從大陸前來移民、留學、工作的人數好像比較多。

「我來帶路。請往這裡。」

「等一下。我也喬裝吧。」

達也啟動藏在夏季外套內側的儲魔具。儲存的魔法式是認知阻礙魔法「冥隱」。

「唔哇！……我嚇了一跳。這就是『冥隱』嗎？」

印象突然變得稀薄的達也令文彌驚叫出聲。

「你第一次看見嗎？但我拜託夕歌表姊優先提供給黑羽家……」

這個反應使得達也歪過腦袋。

「沒發給我們。父親還在測試。」

回答的是亞夜子。

「可是已經一個月了……行事真是慎重。」

達也發出傻眼的聲音。

文彌露出苦笑。

「……這是沒辦法的。父親不想依賴達也先生。雖然只是猜測，不過為了可以不必使用達也先生的發明，父親大概正在拚命尋找理由吧。」

文彌說著以雙手握住達也左手。

看起來簡直是女高中生，一個不小心的話甚至是女國中生的純真行為。

達也對此也露出吃驚表情。坦白說就是不知所措。

「像這樣觸摸的感覺也很正常。沒有知覺被扭曲的感覺。可是認知程度變得薄弱。」

文彌放開手，從極近距離仰望達也。

「現在是知道達也先生站在面前，所以看見的時候認得出來，但是如果在不知情的狀況擦身而過，即使撞到肩膀或許也不會察覺是達也先生……不對，甚至一旦走散就可能再也認不得。」

文彌雙手在背後交握，以輕盈的腳步轉身向後走了一兩步——總覺得他的舉止是不是變得女性化了？達也心想。

「其實我想牽著達也先生為您帶路。」

「文彌！」

亞夜子隱含不耐煩的心情斥責文彌。

文彌故意縮起脖子。

「不過達也先生應該不會跟丟我，所以沒這個必要。請跟我來。」

文彌蹦蹦跳跳般踏出腳步。

他的身影隨即混入黃昏的微暗景色。

「受不了……」

亞夜子發出傻眼的聲音。

「文彌真是的，他在興奮什麼啊……達也先生，我來為您帶路吧？」

亞夜子以充滿罪惡感的表情詢問達也的意願。

「不，亞夜子代替文彌負責指揮整個包圍網吧。」

達也留下這句話之後，快步追在文彌身後。

他的身影立刻和文彌一樣融入黃昏之中。

以他們的腳程，從會合地點行走約五分鐘就抵達目的地。

「集合住宅嗎……」

「是沒有電子鎖的公寓，所以很容易入侵，不過應該無法避免周圍被殃及吧。」

文彌一邊這麼說，一邊朝達也投以「怎麼辦？」的視線。

「我不想多花時間。就這麼直接進攻。」

「這個決定很像達也先生的作風，充滿男人味。我好崇拜。」

達也不由得目不轉睛注視文彌。

關於「男人味」與「女人味」，達也只具備普通知識，但文彌該不會正逐漸女性化吧？

「請問有什麼事？」

面對懷抱這種擔憂與畏懼的達也，文彌露出無辜的表情歪過腦袋。

「——麻煩輔助。」

達也連忙出言搪塞。

「請交給我吧。」

對於達也來說，幸好文彌看起來沒有懷疑。

達也關閉「冥隱」，獨自入侵公寓。

文彌和部下一起在公寓外面監視，以備呂洞賓萬一從達也手中逃脫的狀況。

呂洞賓藏身的房間是四層樓公寓三樓的最深處。房間隔壁有逃生梯。通往階梯的入口上鎖，不過這種程度的格柵門對於達也來說不是障礙。對於呂洞賓來說大概也是。

一樓與二樓確實有人住。

不過上到三樓就感覺不到任何人了。

考慮到反向偵測的可能性，達也沒使用「精靈之眼」，所以不敢說絕對沒人。不過至少肯定沒有「正常生活」的住戶。

達也提高戒心。或許可以說多虧這麼做，才得以應對接下來發生的事件。

達也以慎重腳步在室外走廊前進，走到呂洞賓藏身處前方的第一個房間。

這一瞬間，這個房間爆炸了。

被炸飛的鐵門襲向達也。

達也情急之下不是後退，而是向前跳。這個判斷是正確的。

緊接著，藏身處前方的第二個房間爆炸，鐵門同樣被炸飛。

整棟鋼筋水泥建築物在晃動，聽得到各處鋼筋建材的軋轢聲。

攻堅？還是逃離？猶豫只在一瞬間。

達也朝著眼前的門伸出手。

轉動門把。沒上鎖。

（有埋伏嗎？）

達也懷著內有陷阱的確信，將門往外開。

刀子從房內襲擊而來。

不是以魔法遙控。應該是避免被達也預先以魔法偵測吧。

是使用投擲技術的偷襲。

達也沒躲避射來的刀子，以爆炸之前就沿著身體架設的魔法護盾阻擋利刃。這個護盾是預先儲存在隨身攜帶護身用的人造聖遺物，所以架設的護盾比達也自己建構的更為堅固。

達也右手繞到背後，從後方的槍套抽出手槍。

不是手槍形態的ＣＡＤ，是發射九毫米子彈的自動手槍。槍身下方安裝的不是照明燈也不是雷射指示器，是消音魔法的特化型ＣＡＤ。

換句話說，這是將消音器替換為魔法的手槍武裝演算裝置。

但是達也沒發動消音魔法就扣下手槍扳機。

既然發生兩次爆炸，事到如今隱藏槍聲也沒用。比起這種事，達也更想省略消音魔法發動所需的短暫延遲。

男性投擲刀子之後沒有藏身。達也射出的子彈精準命中男性胸口。

男性向後倒。他背後的另一名男性持刀襲擊過來。

這個攻擊出乎意料，達也的反應慢了一瞬間。他沒感覺到這名男性的氣息。

達也扣下扳機。

這名男性居然以右手刀子的短短刀身彈開子彈。

刀子斷開，跳彈在牆壁打洞。

男性左手朝達也投擲細長的匕首。

達也依照直覺閃躲匕首。

從臉部旁邊掠過的匕首淺淺劃開護盾。

沒有魔法護盾被中和的觸感。

（固定在匕首尖端的魔法力場擾亂了護盾嗎？）

達也瞬間分析敵方的攻擊。

雖然無法連力場的性質都掌握，卻理解對方做了什麼。

男性取出新的刀子砍向達也。

達也以持槍的右手向上架開對方左手。

對方間不容髮以右手刀子突刺，達也按住他的手腕防禦。

面對男性使出的膝踢，同樣以膝蓋互頂。

達也與男性就這樣在近距離互瞪。

男性立刻向後退，不過在這一瞬間，達也明白了剛才為何沒察覺這名男性的氣息。

剛才中彈的第一個男性，和眼前第二個男性的氣息一模一樣。

（氣息的投映——「木靈」嗎？）

將自身氣息投映在樹木或岩石擾亂敵人的忍術，達也在高中時代看八雲使用過。不是示範，是在練武的時候被這一招修理。對方恐怕是使用相同原理的術式，將自己的氣息貼在第一個男性身上。

達也在腦中一角如此思考，扣下扳機。

接連射來的子彈，男性以空中飛舞的匕首全部彈開。

這把匕首是被沒有實體的線操縱。

和先前聽遼介所說，呂洞賓使用的魔法特徵一致。

另一把刀子從背後襲擊達也。

這也是陷阱之一吧。

達也側身躲開刀子。

不只如此，刀子通過自己面前時，他還以左手抓住刀柄。

同時將遙控刀子的魔法式分解。

「術式解散」毫無問題發揮效果。達也將這一點記在心裡。

應對敵方攻擊的這段時間，達也的右手也繼續扣下扳機。

子彈打斷刀子的刀身。

新的刀刃幾乎毫無延遲就冒出來成為盾牌。

同樣的狀況又重複了一次。

手槍的滑套在後退狀態停止。無彈後定。也就是彈匣裡的子彈射完了。

推測是呂洞賓的男性（不，斷言他是呂洞賓也沒問題）人概認定這是機會，背對達也衝向陽台。

達也施放「分解」。

但是「分解」的魔法式命中呂洞賓身體情報的下一瞬間，從命中位置反彈的想子波動將其吞沒融化。

（直到反射階段都正如推測。不過與其說「中和」應該說是「溶解」嗎？）

達也冷靜分析自己魔法失效的狀況，視線前方的呂洞賓從開著沒關的陽台跳到屋外。

公寓外面由文彌率領的黑羽戰鬥員團團包圍。達也知道這一點所以沒慌張。

不過，剛才連續發生兩次那麼激烈的爆炸，警察應該會立刻趕到吧。達也是不應該位於這裡的人。現狀不能以從容不迫的態度面對。

達也一邊更換手槍彈匣一邊走向陽台。確認呂洞賓不是躲在附近假裝逃走之後，他開啟通訊線路連絡文彌。

「逃到哪裡了？」

達也省略開場白直接問。剛才道別的時候，文彌位於公寓靠陽台的這一側。如果沒換位置，肯定有目擊呂洞賓逃離。

『跳上公寓樓頂逃到另一側了。正在持續追蹤。』

「把位置情報傳給我。」

『我會為您帶路。』

「收到。拜託了。」

達也關閉通訊，將手槍收回背後的槍套。

然後從三樓陽台跳到地面。

在文彌的帶領之下，達也在四下無人的河岸追上呂洞賓。

其實很想形容為「逼入困境」，但是包圍網沒完成，也沒有部署狙擊手。只有黑羽家的術士勉強在這裡設下驅人結界，呂洞賓還有逃走的餘地。

不只是追上的達也，被追上的呂洞賓或許也覺得差不多該一決勝負——現狀令人這麼認為。

「你就是呂洞賓嗎？」

雖然感覺事到如今無須多問，但是還沒清楚確認。當成開口的第一句話還算妥當。

「沒錯。你是四葉的司波達也吧？」

詢問的時候刻意加上「四葉的」這三個字，達也稍微覺得不對勁。

不過這是事實，所以達也回答「沒錯」點點頭。

只不過，如果有人問這段對話有沒有意義，達也應該會歪頭思索之後回答「沒有」。他點頭之後就拔出手槍。

「等……等一下！我——」

呂洞賓想要說些什麼。

達也不以為意，將槍口瞄準呂洞賓。

幾乎在同一時間，呂洞賓趴在雜草叢生的河灘。

寬鬆褲子的兩條褲管各射出一把刀子。

達也扣下扳機。

一把刀子在空中迎擊子彈。和剛才逃走之前一樣想要彈開子彈偏移軌道。

不過達也在公寓更換的新彈匣，裝填了不同種類的子彈。

施加慣性增強之魔法刻印的子彈打碎空中的刀子，擦過呂洞賓的左肩淺淺削掉一層皮肉。

原本射向達也的另一把刀子連忙回到呂洞賓身旁。簡直像是刀子本身具備意志。

遙控刀子的魔法並不罕見。以達也熟知的例子來說就是STARS的「舞刃陣」。

那個魔法的射程應該比較長，威力也更強吧。

不過操作的自由度，感覺是呂洞賓的魔法占優勢。

思考這種事的達也再度扣下扳機。

回到呂洞賓身旁的刀子讓子彈偏移。

子彈賦予的慣性增強魔法被消除效果。

不知道究竟暗藏幾把刀子，另一把利刃襲擊達也。

達也將槍口瞄準射來的刀子。

扣下板機，破壞刀子。

下一把刀子射過來，達也以相同方式開槍射擊。

另一方面，達也朝著對方當成盾牌使用的刀子使用「術式解散」。遙控魔法被消除的刀子落入草叢。

不過這把刀子立刻從草叢上浮。瞬間再度發動魔法的這個速度，可能是某種儲存魔法式的未知技術或道具，也可能是使用了效果等同於「循環演算」的系統。

不過，對方沒有進一步的行動，停止攻擊達也。

達也也沒扣扳機。

「我們沒有和四葉起衝突的意思！」

就像是不能錯過這個機會，呂洞賓迅速大喊。

「襲擊ＦＬＴ還敢說這種話？」

達也說著放下槍口。

呂洞賓就這麼舉著雙手站起來。左手稍微低了一些，大概是子彈造成的擦傷在痛。受傷造成的影響只看得出這一點。看不出被遼介打斷肋骨的影響。

「那是ＦＡＩＲ的願望。我沒有認真參與。」

呂洞賓以堅定語氣解釋。

「以為這種主張行得通？」

相對的，達也聲音冷漠。

「如果我是認真的，早就已經搶走人造聖遺物了！」

「你的意思是說你故意失敗？」

「沒錯。因為我們不想認真和四葉敵對。」

「那麼，目的是什麼？大亞聯盟的『八仙』在進行什麼陰謀？」

達也將手槍收回槍套。

「既然知道我是『八仙』，起碼猜得到我們不是只為了單一目的在行動吧。我們的工作沒這麼單純。」

呂洞賓放下高舉的雙手。無力垂下。

「所以？」

達也雙手也放鬆力氣。但是手肘稍微彎曲。

「像這樣和你獨處也是目的之一。」

「周圍有我的同伴喔。」

「不成問題……我的目的不是四葉。」

呂洞賓放下的雙手交握在背後，就像是表示「不會抵抗」。

然後他噘起嘴，猛然吐氣。

呂洞賓嘴裡射出紅黑色像是尖銳箭頭的物體。

高速飛行的這個物體被吸入達也的胸口。

「我的目的，是你。」

呂洞賓輕聲這麼說，並且大幅向後跳。

跳了將近十公尺遠之後，以得意洋洋的表情看向達也。

呂洞賓吐出的箭頭，是他身為暗殺者的王牌「血釘穿」。在口腔擠出自己的血，凝固形成尖刃之後，以高速直線移動的魔法射出。

在古式魔法的世界，血被視為最佳的媒介。

以血為材料，在體內的小宇宙鍛造為魔法武器，並且混入讓魔法防禦失效的「念」——以現代魔法觀念來說就是條件發動型魔法式。

從內側賦予魔法無效化的特殊效果，從外側賦予足以貫穿防彈防割裝備的鋒利與速度，這樣的血箭頭命中敵人的時候可以無視於敵方的魔法防禦，深深刺入肉體造成致命傷。「血釘穿」用來暗殺以魔法護身的戰鬥魔法師有奇效，是「魔法師殺手」的魔法。

呂洞賓射出的「血釘穿」確實命中達也。在呂洞賓眼中，該魔法命中之後被吸入達也胸口。

「——什麼？」

然而他用力瞪大雙眼。達也胸口看不見血跡。沒有流血，也沒有沾上鮮血。

「血釘穿」如果刺穿身體，傷口當然會流血。

「血釘穿」如果沒發揮效果，箭頭會變回鮮血濺溼衣服。

假設沒有成功讓魔法護盾失效，塑造箭頭的鮮血會濺在護盾表面。就像是吸入般消失不留任何痕跡，對於呂洞賓來說是不可能的現象。

只不過，對於知道達也魔法的人來說，應該稱不上匪夷所思吧。達也分解了血箭頭。

不過剛才在公寓，達也的「雲消霧散」被無效化，因而放任呂洞賓逃走。那麼內建相同之魔法無效化術式的「血釘穿」，為什麼達也這次可以分解？

這也不是什麼謎題，答案是「順序」。

達也在公寓施放的魔法式是以分解肉體為目的，呂洞賓的魔法產生反應發動之後使其失效。

這次的分解魔法將目標設定為血箭頭，所以「血釘穿」內藏的無效化術式也一起被分解。

魔法式基於自身性質，會外露在干涉對象的情報體表面。魔法式本身在情報次元是毫無防備的狀態。無論是現代魔法還是古式魔法，是達也的魔法還是呂洞賓的魔法都不例外。

但是呂洞賓無法理解自己被做了什麼事，陷入意外感僵在原地。

達也的右手迅速動了。插入夏季外套內側的這隻手，在下一瞬間握住手槍形態ＣＡＤ。

剛開始，呂洞賓認為達也朝向他的這個物體是加裝刺刀的大型手槍。

但他立刻感到不對勁。

安裝在槍身的物體不是「刺刀」，是「椿子」。

金屬製的樁子不是安裝在槍身的上緣或下緣，而是如同包覆般套在槍口。

是榴彈嗎？呂洞賓換個想法。

然後終於回復正常的思考能力，明白現在不是想這種事的時候。

呂洞賓背對達也企圖逃走。

他在轉過身去的同時，全力展開魔法無效化術式。

呂洞賓踏出第一步之前，達也朝著他的背部扣下ＣＡＤ扳機。

手槍形態特化型ＣＡＤ，銀鏃改造版「三尖戟」。

安裝在「槍口」的「樁子」，是某個魔法專用的附屬元件。

這張王牌專門對付擁有魔法無效化手段的敵人。

「重子槍」。

如今，必殺的槍尖發威了。

【物質分解出重子】

——安裝在槍身前端的附屬元件「樁子」分解為分子，分子分解為原子，原子分解為電子與原子核，原子核再被切割為質子與中子這兩種重子。

【執行ＦＡＥ程序：粒子聚合】

——依照ＦＡＥ理論減少物理法則束縛的粒子群，不是遵守自然法則擴散，而是密集組成圓形薄片。沒列入分解之定義對象的輕子（電子）被質子捕獲，質子轉變為中子。

【執行ＦＡＥ程序：射出】

——密集組成圓形薄片的中子，以垂直於射線的狀態射向目標。依照ＦＡＥ理論，中子塊以超越普通魔法極限的速度移動，秒速達到一萬公里。

【物質重組】

——所有程序逆轉。中子造成的輻射痕跡被去除，只留下中子束燒燬生體組織的這個結果。

「重子槍」產生的中子束，雖然在魔法的影響之下卻不是魔法，是物理現象。魔法無效化術式無法使其失效。

高速高密度的中子束從呂洞賓背後貫穿心臟。

細胞瞬間炭化，血液沸騰。

不用多說也不必確認，完全是致命傷。

達也看著向前倒地的呂洞賓，將附屬元件「椿子」復原之後的「三尖戟」收回肩掛式槍套。

◇　◇　◇

達也追蹤呂洞賓的時候是自己用跑的（使用高速「步行」的魔法），不過回程是在搬運呂洞賓屍體的時候多叫一輛自動車當成代步工具。

「達也先生，您和那個男的說了什麼？」

在開始行駛的自動車上，並肩坐在後座的文彌詢問達也。

「那傢伙確定是大亞聯盟的魔法師特務部隊『八仙』的成員沒錯。」

「那麼『八仙』現在變成『七仙』了。」

文彌聽完愉快說出感想。

「反正立刻就會補充。」

達也的挖苦語氣當然不是針對文彌，而是針對大亞聯軍。

文彌知道這一點，所以維持愉快的表情輕聲一笑。

「話說回來，『八仙』的目的是什麼呢？他在向後跳之前好像說了些什麼。」

剛才呂洞賓射出血箭頭之後輕聲說出的話語，沒傳入文彌耳中。

「大亞聯盟似乎想暗殺我。」

「……您說什麼？」

聽到達也回答的瞬間，文彌勃然大怒。

「呂洞賓說他的目的不是四葉，是我。」

「不可原諒……！」

火冒三丈的文彌，給人的印象像是全身炸毛的貓。

……感覺文彌高中時代比較有魄力。達也暗自心想。

他當然完全沒把這個想法顯露在外。

「這成為呂洞賓實質上的遺言。『八仙』敢來挑戰的話只會重蹈覆轍。」

達也實際說出口的是如同冰刃的死刑宣告。

文彌睜大雙眼注視達也，身體猛然一顫。

然後他的憤怒表情為之一變，浮現「戀愛少女」般的笑容。

和達也他們會合的亞夜子，聽到大亞聯盟的目的是暗殺達也之後，回應「原來如此」露出接受的表情點了點頭——不免覺得男女的反應對調了。

「姊姊沒吃驚耶。」

「文彌你吃驚了？但我只覺得可以接受。」

亞夜子以「合理至極」的表情回答文彌的問題。

「對於大亞聯盟或是新蘇聯來說，如今最大的障礙不是日本或ＵＳＮＡ，是達也先生吧。」

亞夜子以話中有話的語氣繼續對文彌說。

「就算這麼說，和達也先生正面交戰還是太危險了，兩國都體認到這一點。尤其大亞聯盟曾經挨過一次『質量爆散』，所以當然會想依賴暗殺手段。何況這不也是我們的『作業』嗎？難道你忘了？」

亞夜子的話語以責難語氣總結。

「我可沒忘記喔。我們的『暑假作業』就是將新蘇聯派來對付達也先生的刺客趕盡殺絕。」

文彌的語氣以堅定的決心點綴。這時候的文彌從任何角度怎麼看都是英勇的「男生」。

「可別因為這種『瑣事』毀了暑假啊。反正那些刺客沒造成我的困擾。」

達也苦笑說出像是潑冷水的這段話，是因為文彌充滿幹勁的表情令達也擔心他會失控。

◇　◇　◇

達也回到巳燒島的時間是晚間七點半。結束之後才發現，從抵達西川口到解決呂洞賓只花了三十分鐘。

「達也大人，您辛苦了。」

深雪這麼說的同時，和不發一語的水波一起恭敬鞠躬迎接達也回來。

「達也，和『八仙』那傢伙打起來感覺如何？」

莉娜在一旁以開朗的語氣與笑容詢問達也。

「莉娜，妳想打打看嗎？既然這樣，對方還有七人，所以我想應該有機會喔。」

不知為何和達也一起來到巳燒島的亞夜子以傻眼表情插嘴。

「別這麼說，當然沒這回事吧？因為我已經不是『天狼星』了。」

莉娜以輕鬆語氣反駁。

不過這個話題沒能到此為止。

「等一下，亞夜子小姐……請問這話是什麼意思？」

深雪對此無法輕鬆帶過。

亞夜子回答之前，深雪整個人重新轉向達也。

「達也大人……難道『八仙』的目的是達也大人的性命？」

如果這雙眼睛看的是達也以外的男性，這個人應該會被視線射穿，變成動彈不得的狀態吧。

「好像是。至少呂洞賓是這麼說的。」

不過達也以非常心平氣和的表情點了點頭。

「您說得這麼悠閒……」

過於缺乏危機意識的這個態度，使得深雪啞口無言。

「我反而想問，為什麼需要變得神經兮兮？我這次見識了『八仙』的魔法無效化術式。知道其中的玄機之後，那些傢伙就不是我的對手。我也不會准許他們對妳出手。」

而且如此堅定斷言的達也，使得深雪基於另一種意義啞口無言。

「達也大人……」

「……那我呢？」

莉娜戰戰兢兢，露出像是在提防「妨礙別人談情說愛會被馬踢死」的表情詢問達也。

「莉娜妳可以自己應付吧？我會教妳訣竅，所以沒問題的。」

「我和深雪的待遇差太多了吧？」

「不好意思，我這種差別待遇是理所當然的。因為深雪是我的未婚妻。」

達也完全沒有愧疚的樣子。

深雪也已經絲毫不會因為這種程度的事情臉紅了。

「是是是……」

在這種定例的曬恩愛場面，莉娜發出無奈放棄的呢喃。

◇　◇　◇

達也他們一行人在晚間八點上升進入高千穗。

滯留在高千穗調整時差的這段期間，達也將「八仙」的相關情報分享給光宣。當然不只是光宣，也對深雪、莉娜與水波說明呂洞賓使用的魔法。

然後在烏茲別克當地時間的八月十四日晚間七點。

達也等人降落在和兵庫約好會合的科貢郊外空地。

【7】重啟

回到布哈拉的達也，從隔天開始重啟香巴拉探索計畫。

結果得知指南針指示的地點，是布哈拉東方約三十公里處的圖達庫爾湖西岸附近。

不過該處只有遼闊的灌溉農地。沒有任何像是遺跡的東西。

「什麼都找不到……傳說果然只是傳說嗎？」

在強烈的陽光下，深雪輕聲說出喪氣話。

陽傘、頭巾、長袖上衣與及踝長褲。雖然深雪做好萬全的防曬對策，但她還是禁不起強烈的陽光。感覺是身體上的消耗也影響到精神。

「不，現在下定論還太早。」

達也注視湖泊如此回應。

「知道什麼了嗎？」

服裝打扮和深雪相同卻充滿活力的莉娜詢問達也。

「這一帶的想子流是混亂的。應該不是想子本身被操控，是靈子流被動了某些手腳，結果想子流也受到影響。」

「是這樣嗎？」

深雪將右手筆直伸向前方湖泊。她真正適合學習的不是冷卻魔法，是精神干涉系魔法。大概是附帶的天賦，一般魔法師無法感受的靈子流與靈子構造，深雪能以「觸感」來感受。之所以伸出手是藉由「正在碰觸」的想像來補強這種知覺。

「……確實有一種靈子朝著固定方向流動的觸感。但流勢不是很強。感覺不到足以扭曲事象的力道。」

「不過，隱含了某種玄機吧？」

深雪說完，莉娜暗藏期待輕聲詢問。

「我記得某個場所觀察得到和這裡類似的現象。」

回應這個問題的是達也。

「所以是哪裡？」

不只是發問的莉娜，深雪也以隱含期待的眼神仰望達也。

達也沒有賣關子，立刻回答。

「飛驒高山，乘鞍岳山麓的聖遺物挖掘現場。」

◇　◇　◇

撒馬爾罕機場的登機門前，蕾娜和愛拉、路易聚在一起等待開始登機。伊芙琳坐在遠處獨自生悶氣。

愛拉要陪同蕾娜一起赴美。之前就決定要派遣她前往ＦＥＨＲ，不過稍微提早成行。背地裡的原因是西藏情勢逐漸緊張。現在西藏在大亞聯盟的勢力之下，不過印度從ＩＰＵ成立之前就覬覦西藏的地下資源。

如今又加上了達也所提供，以聖遺物為首的魔法資源相關情報。

布達拉宮地下沉眠著魔法性質遺物的傳聞，原本就廣為口耳相傳。該處隱藏香巴拉入口的說法有許多人（應該說信徒）支持。

地下資源加上魔法遺產。ＩＰＵ決定正式著手奪取西藏，開始加強支援西藏的獨立勢力。

這個情勢的變化，使得錢德拉塞卡下定決心提前進行計畫。

愛拉是未公認的戰略級魔法師。要是和大亞聯盟開啟戰端，肯定會正式被軍方徵召。

但是就錢德拉塞卡看來，愛拉不適合成為軍人。即使和民間魔法師相比也屬於純真的性質。她在戰場上心理崩潰的可能性很高。

所以為了避免讓愛拉上戰場，錢德拉塞卡決定讓她逃到國外。魔法人協進會和FEHR的合作是很好的契機與藉口。

基於這些隱情，愛拉這次陪同蕾娜回國。

伊芙琳．泰勒從大前天開始，就一直在鬱鬱寡歡的時間中度過。

三天前，她從STARS總司令官那裡接到作戰中止與立刻回國的命令。

她自覺犯下過錯，所以理性上接受作戰中止與回國的處置。

然而感性上的處理追不上。這次的事件對她來說是第一次的重挫。伊芙琳擁有卓越的智力與魔法力，也兼具造就實績的實踐力，所以至今只要有心沒有做不到的事。她個人認為沒把自己視為萬能的天才，不過意識底層或許已經培育出這種傲慢的自大心態。

也可能只是因為年輕。她才二十二歲，偶爾也無法完全處理自己的情緒吧。如果是第一次的挫折感就更不用說。

廣播告知開始登機，伊芙琳站了起來。對她來說，這個國家成為留下苦澀回憶的土地。即使在即將離開此地回到母國的這個階段，她的心依然覆蓋沉重的雲層。

◇◇◇

「西蒙小姐，我可以進去嗎？」

聽到不是敲門而是從門外知會的這個聲音，蘿拉回答「請進」准許對方入內。

響起鎖頭轉動的喀喳聲。

「打擾了。」

使用鑰匙開門入內的是這座宅邸的主人十六夜調。

「心情如何？」

「糟透了。」

蘿拉注入和話語相同的情感——「念」如此回答。

「且慢。」

調的右手食指在空中畫出九條線。

他以古式魔法「早九字」消滅蘿拉的詛咒。

「哼。」

對於這個結果，蘿拉只有輕哼一聲。她也從一開始就不認為毫無儀式與觸媒使出的簡易法術會管用。

「態度真是嗆辣。我可是很努力款待妳喔。」

「是啊，茶與茶點都非常美味。」

蘿拉說著將紅茶茶杯放在桌上，改拿一顆白蘭地酒心糖送入口中。

「但是不足以抵銷毫無自由的不悅感。」

蘿拉沒拿到這個房間的鑰匙。她是被軟禁的。

「只是這種程度的不自由，得請妳忍耐一下。非法入境又以魔法引起騷動的妳，並不是只有四葉家在尋找。」

「需要上鎖關在房間裡嗎？」

「擅自走在大街上很危險的。」

這三天重複許多次的這段對話，蘿拉露出「早就膩了」的表情，拿起茶杯送到嘴邊。

「在事件降溫之前，希望妳再安分一段時間。」

「事件到底要到什麼時候才會降溫？」

對於蘿拉的這個問題，調一如往常只露出含糊的笑容。

調離開房間。

蘿拉站起來走向房門，以穿著室內鞋的腳用力踹下去。

門文風不動。甚至沒響起踹門的聲音。

這扇門以十六夜家的魔法強化。調剛才沒敲門，是因為基於魔法的副作用，就算敲門也不會發出聲音。

——竊取人造聖遺物失敗，逃離FLT的那天，蘿拉刻意和呂洞賓分頭行動。理由是直覺。要是和呂洞賓共同行動將會被「死神」追上，這幅明確的光景浮現在腦海。

不使用道具或藥物就能得到的幻視。蘿拉原本猶豫是否值得信賴，但她最後相信自己具備的「魔女」之力。

但是分頭行動之後，她立刻走投無路。因為這次的作戰從入境到逃走計畫都由呂洞賓包辦。她以占卜決定逃走的方向是「北」。她的占術本領應該可以評價為真材實料。町田往西是四葉本家，往東是調布的四葉東京總部，往南是魔工院以及防守該處的黑羽據點。她對司機進行精神操控，搭便車逃往狹山丘陵的方向。

為了避免留下行蹤，她搭乘一段路程之後，就在不令人覺得突兀的距離換車。司機是在購物中心或是餐廳挑選的。在第四輛車，蘿拉被無法向對方進行精神操控的十六夜調「逮住」了。

為什麼會相信對方所說的「我來藏匿妳吧」這句話？蘿拉難以理解自己的決定。或許是出乎意料的苦戰與出乎意料的失敗導致精神失調。或者單純因為自己已經是「老糊塗」了。

她當天被帶進這座宅邸，就這麼被軟禁。

待遇不差。正如調那名男子所說，飲食、沐浴與床的舒適度都很好。可惜沐浴的時候浴室也會從外面上鎖，但是只要不在意這一點，就可以盡情享受優雅的沐浴時光。

想知道的事情也是問了就得到答案。昨天調提供了呂洞賓被四葉家殺害的消息。他說七草家加上四葉家一起尋找蘿拉，應該也不是謊言。

或許如他所說，暫時躲在這裡才是明智之舉。

但是蘿拉無論如何都不想乖乖聽話。

十六夜調無法信任。

這也是直覺，是確信。

——自己在這個無法信任的男人手中。

這個想法令她焦躁不耐。

◇ ◇ ◇

八月十五日，東京市中心的夜晚。真由美盛裝打扮造訪高樓飯店的三星級餐廳。不是自稱的「三星」，是好管閒事的評級機構給予認可的餐廳。

在男服務員的帶領之下前往靠窗座位。

一名氣派的男子以輝煌的夜景為背景起身。

體格也很出色，然而風格更是懾人。即使年紀輕輕還不到二十五歲，具備的威嚴卻像是率領千軍萬馬的大將軍。

雖然散發出年輕女孩難以接近的氣息，對於真由美來說卻是舊識。她毫不畏懼輕鬆走過去。

「十文字，好久不見。」

「嗯。七草，好久不見。」

真由美輕輕揮手，十師族十文字家當家——十文字克人在嚴肅臉孔露出親切的笑容點頭。

真由美坐在男服務員拉開的椅子，克人自己拉椅子坐下。真由美點完餐前酒，目送男服務員的背影離開，然後重新面向克人。

「今晚謝謝你的邀請。不過，怎麼突然邀我共進晚餐？」

真由美揚起視線看向克人，露出小惡魔的笑容。

「而且是在這麼高級的店。我妹妹興奮到不行喔。連我爸那個老狐狸都有點緊張兮兮。」

捉弄的語氣與整人的眼神。

然而克人完全不為所動。

「我認為必須是這種程度的店才配得上七草。」

克人以正經八百的表情回答。

「是……是嗎？」

慌張的反而是真由美。

真由美慢慢飲用上桌的餐前酒，爭取重振心情的時間。

「——所以，請問有什麼事？該不會是我妹妹們或是狐狸老爸期待的那種事吧？」

克人臉上浮現困惑之意。

「我不知道他們在期待什麼……」

但是為難的表情立刻消失。

「其實我妹找我談了一件事。我想聽聽妳的意見。」

「令妹？」

真由美露出「意想不到」的表情。

「你說的妹妹是哪一位？和美？還是……」

真由美身為好友、身為十師族七草家的長女，知道克人變得複雜的家庭狀況。

「是艾莉莎。」

「艾莉莎找你談……？」

讓十文字家的家庭狀況變得複雜的人，就是前任當家的私生女，四年前從北海道收養的日俄混血兒。

不用說，艾莉莎本人沒有任何罪過或責任。不過依照真由美聽到的傳聞，艾莉莎在意自身的立場，在十文字家過著相當疏遠旁人的生活。

聽到這個傳聞的真由美，在內心想像艾莉莎是態度經常畏畏縮縮，什麼事都不敢對家人說的陰沉少女形象。這樣的少女下定決心，找上絕對不算是平易近人的克人談事情，可見應該是相當重大的問題。

真由美如此心想，倒抽一口氣——這單純是她自己的認定。

「七草，記得妳現在任職於司波的魔法人聯社吧？」

「是……是的。」

點頭的真由美支支吾吾，是因為這個問題出乎意料。克人同父異母的妹妹想商量的事，居然和自己任職的場所在某處有所關連，令真由美大感意外。

關於克人知道她任職的場所，真由美不覺得有什麼好奇怪的。

七草家的長女在四葉家下任當家擔任代表的組織擔任職員。這件事在日本魔法師社會成為相當熱門的話題。

「妳的同事有一名叫做遠上遼介的男性。這名男性前幾天和企圖進入ＦＬＴ行竊的外國魔法師起衝突，身受重傷住院——我應該沒說錯吧？」

「是的，真虧你知道這件事。」

「因為我爸也受到那間醫院的照顧。」

「啊啊，原來如此。」

真由美露出信服的表情點頭。

遼介入住的不是四葉家底下的醫院，是以魔法師患者居多而聞名的警察體系醫院。遼介當時是傷害案件的被害者，趕來的警察安排將他送進那間醫院。

「而且我爸不只是系出同源的魔法師，也和遠上家有交情。得知遠上這名傷患是和外國魔法師勇敢奮戰而住院，我爸當場硬是打聽出詳細的原委。雖然造成醫院的困擾，不過家父基於立場應該是不得不這麼做吧。」

四年前，克人從北海道的遠上家收養了同父異母的妹妹艾莉莎。這是真由美不知道的事。

「十文字家和遠上家有什麼特別的關係嗎？」

不知道隱情的真由美不經意這麼問。

「艾莉莎和遠上遼介的妹妹交情很好。是可以形容為手帕交的關係。」

大概是不想讓真由美操心，克人以無關緊要的事實回答。

「啊，原來是這樣……」

真由美聽完這個回答就接受了。

「依照我妹的說法，遠上遼介好像一直下落不明。」

「咦咦？」

接下來這句話過於震撼，原本對於十文字家與遠上家的關係感興趣的真由美，將這份好奇心扔到九霄雲外。

「下落不明？也就是遠上先生沒和家人連絡？」

真由美吃驚這麼問，克人沉重點頭。

「雖然回國，卻依然沒向家人報告近況。或許是有什麼特別的隱情。艾莉莎猶豫是否要將遠上遼介住院的消息告訴他的妹妹，所以來找我談這件事。」

聽完克人這段話，真由美也抱持相同想法。和遼介一起去加拿大之後，真由美隱約察覺他藏著某些難言之隱。

「以我個人的立場，是否要將遠上遼介入住的醫院告訴他妹妹，我想確認遠上本人的意願。七草妳是怎麼想的？」

這就是克人要和真由美談的事情。

「——我問遠上先生看看。」

然後這是真由美的回答。

◇◇◇

到了深夜，達也再度造訪圖達庫爾湖的湖畔。

同行的是兵庫一人。深雪與莉娜在飯店待命。雖然花了不少時間說服她們放棄同行，不過這是題外話。

從廂型露營車下車的達也，穿著前往高千穗使用的太空衣。緊身式太空衣乍看很像潛水用的乾式防寒衣。達也現在也是基於相同目的穿上這套衣服。

『達也大人，雖然應該不會發生任何事，不過請小心。』

「周圍就麻煩你警戒了。」

以通訊機進行對話之後，達也沉入湖面。

達也在漆黑的湖底緩步行走。沒拿手電筒。他刻意不使用物理光源。不會被物理光阻礙的想子光映入達也的「眼」。

一般來說，非生物釋放的想子光，雖然有濃淡之分卻不會閃爍。然而這座湖就像是擁有生命般閃爍著想子光。如同緩緩呼吸般慢慢閃爍。

想子光的濃淡時時刻刻產生變化，這也是平常看不見的現象。變化程度微乎其微，而且非常緩慢。只有和達也擁有同等敏銳「視覺」與遼闊「視野」的人才會察覺吧。

——香巴拉傳說經常會出現湖。

例如倒映岡仁波齊峰的瑪旁雍錯湖。

——香巴拉東方的「近意湖」與西方的「白蓮湖」。

俄羅斯正教會的神父口述流傳，和香巴拉同地不同名的「白湖之國」。

白天進行探索之後，達也自己在飯店對深雪他們說的話語在腦中交錯。

——或許只是牽強附會，不過這些地名或許是和香巴拉遺產相關的代表性「湖泊」。

「指南針」指示的這裡，或許也是這種湖之一。

達也的目光被一道想子流吸引。

雖然沒有發出特別強烈的光，流勢卻很穩定。

這道細長的想子流不是延續到湖泊中央，而是湖岸。

達也以「精靈之眼」調查這道想子流連接的場所。

水中的湖岸被挖成一面小小的崖壁。不是特別稀奇的地形。如果沒有意識到這一點，應該沒有任何人會留意。

達也走向這面崖壁。

他的「精靈之眼」發現該處埋藏著吸收想子的人造物。

達也以包覆著「分解」的右手取出這個物體。

然後穩穩拿著這個物體浮上水面。

「這就是在圖達庫爾湖發掘的遺物嗎……」

看見達也拿回飯店的發掘物，深雪美麗的紅唇輕聲表達困惑之意。

發掘物是比「指南針」大兩號左右的白色石製圓盤。其中一面雕刻著「八葉蓮」——八枚花瓣的蓮花。以文化遺產的設計來說並不罕見。

令深雪困惑的是雕刻在另一面的標誌。

三個圓圈相鄰排列成正三角形，外面圍著一個大圓圈。

「……這不是『和平旗』嗎？洛里奇協定的標誌符號。」

莉娜的困惑表情也不輸給深雪。

洛里奇協定——這個國際文化遺產保護協定簽訂於西元一九三五年，也就是二十世紀前半。雕刻著這個標誌符號的石板真的和遠古文明的遺產有關嗎？她們兩人對此抱持疑問。

「主導洛里奇協定的是尼古拉斯・洛里奇，他的紀念館主張這個符號起源於古代就存在的某個標誌。」

「我也知道這個說法。不過這是指正中央的三個圓圈吧？在外側加上一個圓圈，我認為是洛里奇原創的設計。」

莉娜反駁達也的話語。

「也可以猜想是古老的標誌因為文明倒退而被簡略吧？尼古拉斯・洛里奇不只是有名的藝術家，也是有名的香巴拉研究者。或許他採用的標誌符號才是原版，沒有外圈的簡略標誌是後世衍生的版本。」

「這……也可以這麼猜想耶。」

深雪的附和有點結巴。

莉娜沒藏起「不會有點牽強嗎？」的表情。

只不過，達也不會因為這種事就氣餒。他的推理是有根據的。

「總之，妳們看這個。」

達也說著將「指南針」重疊在蓮花的沉雕。

正八角形「指南針」的各個頂點，和蓮花花瓣的前端精準重疊。

達也沒將重疊的發掘物放在手心，而是就這麼放在桌上，從上方注入想子。

載著「指南針」的石製圓盤慢慢動了。不是在桌上滑動，而是出現些許空隙的漂浮狀態。

簡直像是ＵＦＯ。

深雪與莉娜都睜大雙眼追著圓盤的動向。

直到達也停止注入想子，載著「指南針」的石製圓盤都持續飛向不同於圖達庫爾湖的另一個方向。

「達也大人……」

「達也，你也太惡劣了……」

深雪與莉娜都以忿恨不平的聲音向達也抗議。

達也笑著向兩名美女說「前進一步了」。

〈待續〉

Road to Shambhala

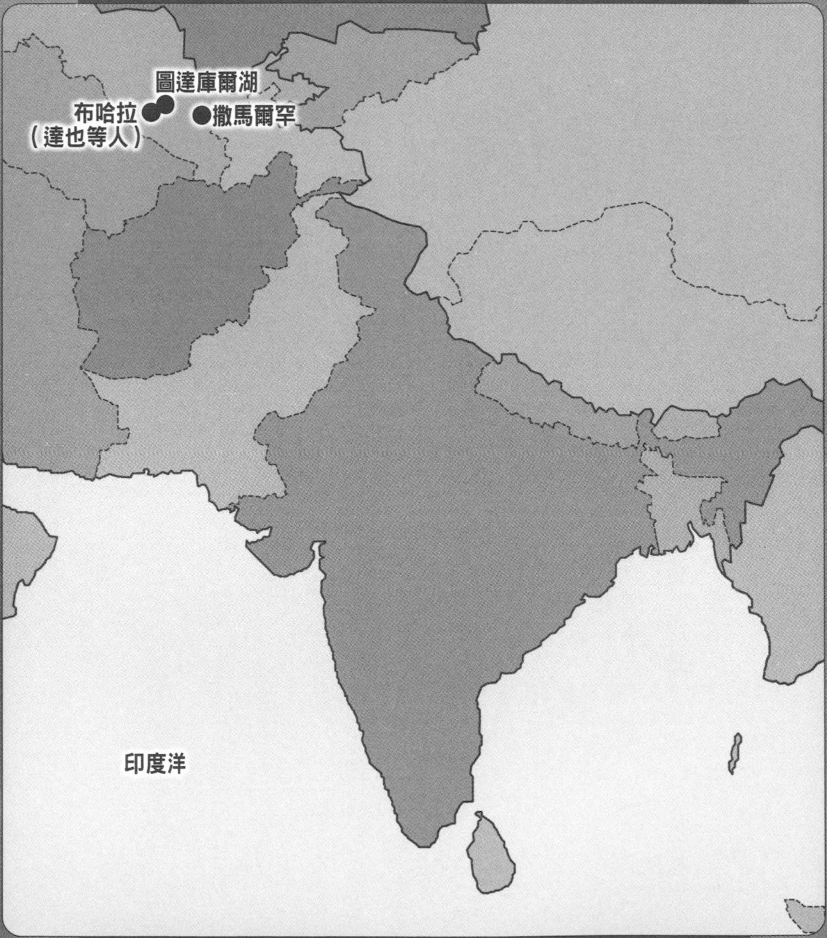

The irregular at magic high school **Magian Company**

後記

以上，為各位送上《魔法人聯社》第五集。這一集也成為多采多姿的豐富內容，不知道各位是否看得愉快。

最近，我覺得創作陷入瓶頸。大概是吸收的資源不足吧。雖說是閱讀卻只是在看參考資料，看動畫的時間不到以前的十分之一，也幾乎沒看電影。之前一直過著這樣的生活。

所以最近我努力看電影與動畫。小說與漫畫也想盡量多看一些。輕小說當然也是。連續劇就遲遲沒接觸了。

總之關於電影，我是在某付費影音平台收看感興趣的作品。只不過經常看了前二十分鐘左右就膩了。就像是「總覺得不合喜好……」這種感覺。

哎，開頭的部分——起承轉合的「起」何其重要，我真的是上了一課。小說肯定也一樣吧。不同於以往，如今沒辦法「站在書店看書」，所以電子書店的「試閱」或許會在今後愈來愈明顯影響作品的成敗？我思考著這種事。

不過或許會有人傻眼吧，覺得我怎麼事到如今還在說這麼初步的觀念。

容我寫一段自己的回憶，年輕時的我在購買文庫本或是口袋書的時候，習慣在書店撐一兩個小時站著看完整本書，覺得想再看一遍的話就拿去結帳。現在回想起來，我其實是一個會弄髒書本的麻煩顧客。

因為自己是這種重視結尾、重視後半的讀者，所以我有一個會在序盤拖拖拉拉的壞毛病。不過我以現在光看電影開場片段就會膩的自己為借鏡，深刻感覺果然得改掉這個壞毛病才行……

本集的序盤將許多篇幅用在戰鬥場面，未必是這個原因就是了。

話說，本系列也終於進入佳境。不過本作品沒有必須打倒的最終魔王。這部系列的結尾與勝負是在別的地方。

希望各位務必一起見證。

（佐島 勤）

義妹生活 1~5 待續

Kadokawa Fantastic Novels

作者：三河ごーすと　插畫：Hiten

萬聖節的燈火具有魔力。
展開不能讓任何人知曉的祕密生活——

既像兄妹又像戀人的悠太與沙季，有了一段無從命名的關係。彼此在適度依賴彼此的同時，嘗試著成為對方的理想伴侶。原先對異性不抱期待的兩人，在共度相同時光的情況之下，逐漸產生「變化」的徵兆。而周圍的人也慢慢注意到他們的「變化」……？

各 **NT$200~220/HK$67~73**

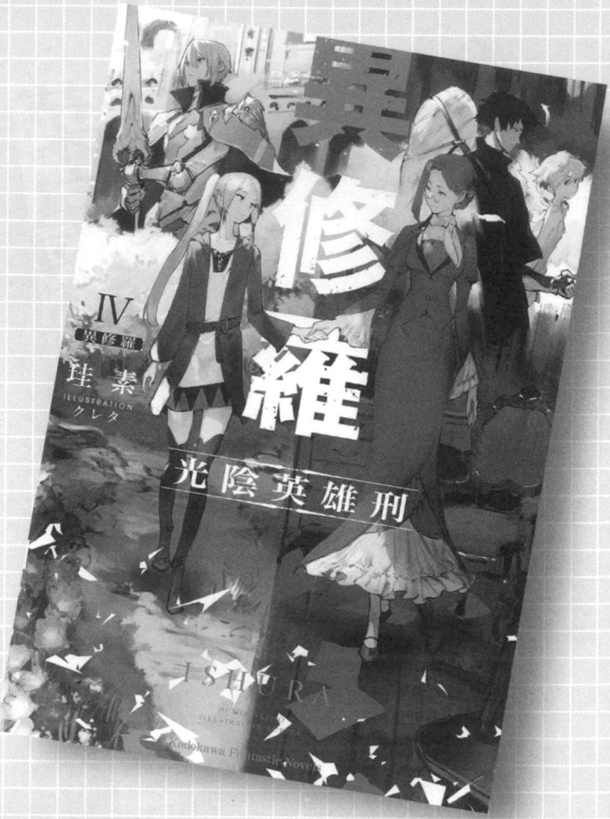

異修羅 1～4 待續

Kadokawa Fantastic Novels

作者：珪素　插畫：クレタ

為求真正勇者之榮耀，寶座爭奪戰白熱化！
2021年《這本輕小說真厲害》雙料冠軍！

決定「真正勇者」的六合御覽，接下來輪到第三戰，柳之劍宗次朗對決善變的歐索涅茲瑪。面對一眼就能看出如何殺害對手，身懷連傳說都只能淪落為單純事實之極致劍術的宗次朗，充滿謎團的混獸歐索涅茲瑪所準備的「手段」則是——

各 **NT$280~300/HK$93~100**

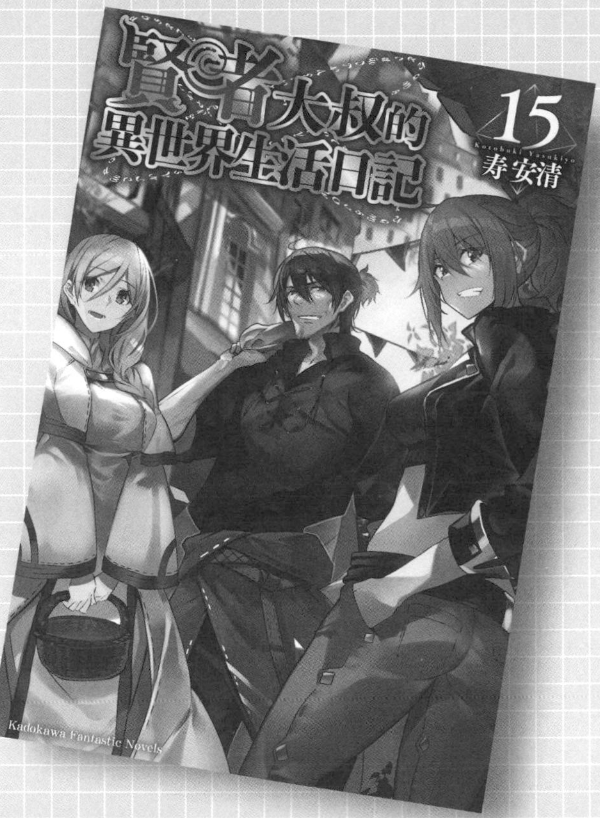

賢者大叔的異世界生活日記 1~15 待續

Kadokawa Fantastic Novels

作者：寿 安清　插畫：ジョンディー

大賢者傑羅斯×（正妹修女＋正妹傭兵）
＝開心又害羞的第一次約會♪

傑羅斯一行人在廢礦坑迷宮裡與舊時代的多腳戰車展開一場死鬥，又遭到生物兵器襲擊，他們被迫經歷了一場超乎想像的大冒險後平安從迷宮歸來了。接著初夏時節即將來到，患有戀愛症候群的傑羅斯、路賽莉絲和嘉內三個人要一起去約會！

各 **NT$220~240/HK$73~80**

國家圖書館出版品預行編目(CIP)資料

續.魔法科高中的劣等生 ：魔法人聯社/佐島勤作 ；
哈泥蛙譯. -- 初版. -- 臺北市 : 臺灣角川股份有限公
司, 2023.04-
冊 ； 公分. -- (Kadokawa fantastic novels)
譯自 ：続.魔法科高校の劣等生 ：メイジアン.カン
パニー
ISBN 978-626-352-443-9(第5冊 : 平裝)

861.57 112001585

Kadokawa
Fantastic
Novels

續・魔法科高中的劣等生 魔法人聯社 5

（原著名：続･魔法科高校の劣等生 メイジアン･カンパニー 5）

2023年4月26日 初版第1刷發行

作　者：佐島 勤
插　畫：石田可奈
日版設計：BEE-PEE
譯　者：哈泥蛙
發行人：岩崎剛人
總編輯：蔡佩芬
編　輯：黎夢萍
美術設計：黃永漢
印　務：李明修（主任）、張加恩（主任）、張凱棋

發行所：台灣角川股份有限公司
地　址：104台北市中山區松江路223號3樓
電　話：（02）2515-3000
傳　真：（02）2515-0033
網　址：www.kadokawa.com.tw
劃撥帳戶：台灣角川股份有限公司
劃撥帳號：19487412
法律顧問：有澤法律事務所
製　版：巨茂科技印刷有限公司
ISBN：978-626-352-443-9